行き遅れ令嬢の事件簿②

公爵さま、いい質問です

リン・メッシーナ　箸本すみれ 訳

A Scandalous Deception

by Lynn Messina

コージーブックス

A Scandalous Deception
by
Lynn Messina

公爵さま、いい質問です

ドーン・ヤネックに捧ぐ

ドーンったらかわいそうに。一作目を読んだら感想をくれる約束だったけど、結局七冊も読むはめになるなんて。ほんと、感謝してもしきれないわ。

主要登場人物

ベアトリス・ハイドクレア……両親を亡くし、叔父の家に居候中
ダミアン・マトロック……ケスグレイブ公爵
スティーブンズ……ケスグレイブ公爵の執事
ジェンキンス……ケスグレイブ公爵の御者
ヴェラ……ベアトリスの叔母
ホーレス……ベアトリスの叔父
ラッセル……ベアトリスの従弟。ヴェラの息子
フローラ……ベアトリスの従妹。ヴェラの娘
ゴダード……大英博物館の学芸員
ファゼリー卿……殺された社交界の名士
レディ・アバクロンビー……未亡人
ダンカン卿……レディ・アバクロンビーの元恋人
ヌニートン子爵……前巻の事件で出会った侯爵の従弟
コーニン……出版社の経営者
ミス・コーニン……コーニンの娘
ヒル……出版社の事務員

1

居候をしている叔父夫婦の家で、ベアトリス・ハイドクレアの立ち位置が変化したのは、侯爵家のハウスパーティで起きた殺人事件がきっかけだった。被害者の娘のエミリーから話を聞き出すため、自分もかつて身分違いの恋に苦しんだと、ベアトリスが作り話をしたからだ。実際には存在しないそのロマンスの相手とは、ロンドンで法律関係の事務員をしているセオドア・デイヴィス氏。右のこめかみから左の小鼻までうっすらした傷跡があるものの、金髪碧眼の、絵にかいたような美青年だ。ふたりはロンドンの書店で出会い、燃えるような恋に落ちたが、数ヵ月後、彼の父親によって仲を引き裂かれたという設定だった。

結果として事件の調査は進展したが、困ったことに、このでっちあげた話が、ハウスパーティのゲストたち全員に知られるところとなってしまった。なかでも、ハイドクレア家の面々――ヴェラ叔母さん、いとこのラッセルとフローラは、ひっくり返るほどおどろいたらしい。まあ、それも当然だろう。なにしろ社交界にデビューしてから丸六年、二十六歳になるまで浮いた噂一つなかったベアトリスが、小説にでもなりそうな秘められた恋を経験していたというのだから。とはいえヴェラ叔母さんにとっては、ある意味うれしいニュースだとも言えた。おそらく一生嫁に行くことはないだろうとあきらめていたベアトリスのことを、結婚相手として考える男性がいた――ようするに、姪っ子もまだ結婚市場から撤退する必要はないと気づいたのだ。そうだ、これまでは自分たちと同じミドルクラス以上の相手でなくてはと思いこんでいたが、そうしたこだわりを捨てれば、姪っ子にも買い手はつくのではないか。そこでヴェラ叔母さんは、何年ぶりかで、ベアトリスの花婿探しに乗り出すことにした。

ベアトリスは思わぬ展開におどろいたものの、はじめのうちは、叔母さんの張り切りようをむしろ面白がっていた。それに、ロマンスとは縁のない娘だとばかにされていたのを、見返してやったような気分でもあった。けれども、そんなふうに悠然と構えていられたのも、そう長いことではなかった。ヴェラ叔母さんはなんと、セオドア・デイヴィス氏その人を見つけ出そうと決心したのだ。

「もちろん法律事務所だって裁判所だってたくさんあるし、そう簡単ではないと思うわ。だけどね、顔にそんな独特の傷跡がある男性がいったい何人いるかしら」叔母さんは姪っ子の顔をじっと見つめ、細かい文字を読もうとでもするように目を細めた。「片目を横切るような傷跡だって言ったわよね？」

ベアトリスはため息をついた。まさかこんなことになるなんて。社交シーズンの始まりに合わせ、先週ロンドンのタウンハウスに一家で戻ってきてから、この質問にはすでに十回以上答えている。エミリーから情報を聞き出したい一心であんな話をでっちあげたけれど、彼女がゲストたちに漏らしてしまうとは考えていなかった。内緒にしてねと、ひとこと言わなかった自分が悪いのだけど。

「ええ、そうです。右のこめかみから左の小鼻まで」

「じゃあ、十センチぐらいかしら」叔母さんは朝食の席についている家族たちの顔を見回し、傷跡の長さについて同意を求めた。

「どうでしょう。確かなことは言えませんけど」ベアトリスは慎重に答えた。顔面にはでこぼこがあるので正確な長さはわからないし、そもそもエミリーにその話をしたときには、デイヴィス氏をどこか陰のある人物にしたいと思い、急きょつけ加えた特徴にすぎなかったからだ。「そこまで長くはないと思います」

「じゃあ、七、八センチってところね」叔母さんは神妙な顔でうなずいた。「となると、該当者は五、六人かしらね」

ベアトリスはびっくりした。法律に関わる仕事をしていて、そんなとんでもない傷跡のある人間がそこまでいるわけがないでしょうに。

「だけどわざわざそんな顔の人を探さなくたって、彼の名前はわかっているわけでしょ」はしばみ色の瞳をぱちくりさせ、従妹のフローラが言った。

このもっともな意見を聞いて、ラッセルが大きくうなずいた。彼は妹のフローラと同じくなかなかの美形で、やはりはしばみ色の瞳を持ち、ブルータスふうを気取っているのか、とび色の髪をくしゃくしゃに乱している。

「そうだよ。それもフルネームでわかっているんだから、父上がいまだに彼の居場所をつきとめられないのは、本気で探していないからじゃないか?」

まずい展開になっていると、ベアトリスはあわてた。何かが問題となったときは、結論がどれほど明らかだとしても、フローラとラッセルは必ず反対の立場にたって言い争う。そんなふたりが、相手の言い分にまったくけちをつけることもなく同意に達した場合、どう考えても、その意見は真実を言い当てているということになる。ベアトリスは恐怖で身をすくませながら、百八十センチ近い長身のホーレス叔父さんがすっくと立ち上がるのを覚悟した。おそらく叔父さんはまぶたのたるんだ目をすがめ、〝セオドア・デイヴィス〟なる人物は、姪っ子の下劣な想像が生み出した幻影にすぎないと言い放つだろう。

ベアトリスはうつむいて、皿の上のニシンの燻製をじっと見つめた。叔父さんから向けられる軽蔑のまなざしを、受け止める勇気がなかったのだ。

ところが叔父さんは、もどかしげにため息をつくと、引き続きあらゆる手を尽くしてデイヴィス氏を捜すつもりだと家族全員に宣言した。

この話題は、一日の始まりである朝食の席にふさわしいものではない。だがハイドクレア家にとって、特にヴェラ叔母さんにとっては、けっしておろそかにできない問題だった。湖水地方にある侯爵家のハウスパーティで、突然知らされたデイヴィス氏の存在。この謎めいた男性が、一家の幸せの鍵を握っているとかたく信じているからだ。

その〝幸せ〟とはもちろん、ベアトリス――五つのときに両親が船の事故で亡くなり、夫のホーレスと自分が引き取って育ててきた姪っ子――の婚約と結婚、つまりハイドクレア家からの旅立ちだ。長男のラッセルが生まれて三ヵ月、さあ自分の家庭を築こうというそのときに、たった一度しか会ったことのない義兄夫婦の娘を引き取ることになり、金銭的にも精神的にも大変な思いをさせられた。だからそれ以来、彼女を嫁に出す日を指折り数えて待っていたのだ。

ところが数年前、ベアトリスの最初のシーズンが終わったとき、姪っ子はもう一生、ハイドクレア家から出ていくことはないと観念した。このそばかすの目立つ娘は、求婚者をひきつける魅力――笑顔が可愛らしかったり、話題が豊富だったり、裕福だったり、気が利いていたり――を何一つ持っていなかったからだ。

それなのに四ヵ月前、夢にも思わなかったような話を突然知らされた。デイヴィス氏は事務職だというから、ハイドクレア家の食卓に招くような階級ではない。それに結局は別の女性と結婚し、子どもも生まれ、今はチープサイドで幸せに暮らしているという。だがそれはそれ。大事なことは、ベアトリスに相思相愛の相手が一度でもいたということだ。であれば、姪っ子と結婚したいと思う男性がふたたび現れても、ちっともおかしくはない。

独身の男性がベアトリスのどこに惹かれるのか、叔母さんにはさっぱりわからなかった。だが人間の心情、特に恋愛感情というものは、理屈では説明のつかないことが多い。デイヴィス氏がベアトリスの虜（とりこ）になったことは、まさにその事実を証明している。だからこそ彼を捜しだし、じっくりと観察すれば、姪っ子のどういう部分に惹かれたのかわかるだろう。また同時にベアトリスの〝好みのタイプ〟もわかるから、それに近い男性を勧めることもできるわけだ。

その話を聞いて、ベアトリスは心底おどろいた。人の好みというのは千差万別で、いくつかのタイプに簡単に分類できるものではない。ましてや似たようなタイプの人間を見つけだし、オリジナル（この場合はデイヴィス氏）の複製品として利用しようだなんて、とんでもないことだ。

ところがこんなふうに暴走する叔母さんを、叔父さんもいとこたちも止めようとはしなかった。いつもはことなかれ主義の叔父さんだが、兄の忘れ形見である姪っ子の将来を、やはり心配しているのだろう。いとこたちのほうは、心配というよりもわくわくしているようだった。二度目のシーズンを数日後に控える二十歳のフローラは、見も知らぬ男性と恋に落ちた従姉の大胆さにうっとりしていたし、ラッセルにいたっては、両親の目を盗んで恋人を作る方法を教えてほしいと、ベアトリスに頼みこむありさまだった。つまりベアトリスは、地味でどんくさく、スキャンダラスな行為とは無縁だと思われていたのに、人知れず情熱的な恋愛をしていたということで、〝一目置かれる存在〟となっていたのだ。

ベアトリスは侯爵家のハウスパーティを振り返り、あれこそが自分の人生の転機だったと、あらためて感じていた。

五歳のときに突然両親が亡くなり、ロンドンにある叔父夫婦のタウンハウスに到着したのは二十年ほど前のこと。あのとき、どれほど心細かったことか。それなのに、出迎えた大人たちには、やさしさのかけらも感じられなかった。叔母さんは彼女をおざなりに二、三度抱きしめたあと、すぐに家庭教師(ガヴァネス)に引き渡し、いい子でいなさい、感謝して暮らしなさいと、ことあるごとに言ったものだ。何か問題を起こしたら、どこかよその家にやってしまいますよ、メイドとして一生働くことになりますよとも。幼いベアトリスはその言葉を信じ、それ以来ずっと、何をするにもびくびくしながら生きてきた。

ところがびっくり、ハウスパーティで彼女が公爵閣下に堂々と意見を言ったり、紳士たちの部屋に忍びこんだりと、常軌を逸した言動をしたにもかかわらず、家族の誰も見捨てることはなかったのだ。しばらくは長々とお説教をされたが、少しでも間違ったことをしたら追い出されてしまうと思いこんでいた娘にとって、一生懸命に言い聞かせようとする叔母さんの態度は、むしろ涙が出るほどうれしかった。侯爵家の庭園にある荒れ果てた小屋から脱出を果たしたあのとき、叔母さんがぎゅっと抱きしめてくれたのは、心からの愛情表現だったのではないかと思っている。いとこたちも味方をしてくれたから、自分はみんなにうとまれていたのではない、愛されていたのだと確信した瞬間だった。

とはいっても、姪っ子をできるだけ早く追い出したいという、叔母さんの願いは変わっていないはずだ。それどころか、あのハウスパーティ以降、その思いをいっそう強くしているようにも見えた。実際、ベアトリスが叔母さんに抱いたその印象は間違ってはいなかった。

殺人犯をベアトリスが見事に暴いたとき、叔母さんは姪っ子の聡明さと大胆さに感心しながらも、不安でたまらなくなっていた。まさかあれほど頭の回転の速い娘だったとは。おとなしそうな外見や、日々の従順な姿からはまったく想像もつかなかった。たしかに暇さえあれば本を――それも遠い外国や歴史上の人物の伝記などを読みあさっていたから、知的好奇心が旺盛なのは知っていた。けれども、どれほど知識を多く仕入れたところで、聡明になるわけではない。いったいいつのまに、あれほど頭の切れる娘になっていたのだろう。

もちろん、賢いこと自体は別に悪いわけではない。問題は、自分の立場をわきまえず、その秘めた才能を発揮してしまうことだ。姪っ子がケスグレイブ公爵に対して挑発するような発言をしたとき、今にも心臓が止まりそうだったことは忘れられない。あれほど礼儀を失した言動はけっして許されるものではなく、公爵の三十二年の人生においても、前例のないことだったろう。

だからこそ叔母さんは、不安でたまらなかったのだ。これから始まるシーズンで、姪っ子のこうした危険な一面が、ハイドクレア家に災いをもたらすのではないかと。地元のベックスヒル・ダウンズの屋敷に戻ってからは、ベアトリスは図書室で本を読んだり田園地帯を散策したりと、いつものように穏やかな時間を過ごし、それまでどおりの物静かな娘に戻っていた。だが田舎の社交界には公爵はもちろん、華やかな有名人もほとんどいない。そうした変化のない退屈な毎日なので、彼女が突飛な言動をする場面がなかっただけかもしれないのだ。

けれどもロンドンに滞在中、〝隠れた才能に目覚めた〟ベアトリスが、おかしなことをしでかす可能性は大いにある。その結果、フローラの花婿探しや、ホーレスのクラブでの立場がまずくなるかもしれない。下手をすると、大きな舞踏会への出入りが禁止されるおそれもある。

特に、ケスグレイブ公爵は要注意だ。侯爵家の玄関で別れるとき、ロンドンに戻ったらお訪ねしますと彼に言われたときは、天にも昇る気持ちだった。公爵ほど高名な人物の訪問は、とんでもなく名誉なことだからだ。だがあとから考えてみると、ベアトリスがおかしなふるまいをしたときは、いつも公爵がそばにいたような気がする。だから今は、できるだけふたりを遠ざけておきたいと考えていた。そしてベアトリスを、なるべく早く、社交界とは無縁の、地味でまじめな法律家と結婚させてしまえばいい。フローラやラッセルの結婚相手には、絶対に譲れない条件がいくつもある。だが姪っ子の場合は、そんなことを言っていられる状況ではないのだから。

今年のシーズンが終わるまでに……いいえ、早ければ早いほどいい。

ベアトリスのほうも、そうした叔母さんの気持ちは無理もないと思っていた。五十代の彼女は、予想外のことに臨機応変に対処するのが苦手で、すべてがあるべき場所におさまっていることを好むからだ。それにしても、少し過剰反応ではないだろうか。ハウスパーティでの事件はひどく特殊だったのだから。あのとき図書室で、ケスグレイブ公爵に遭遇しなければ、彼とは一生言葉を交わすこともなかったはずだ。傲慢な彼の顔をめがけ、ディナーの皿の上のもの――魚のパテやスタッフド・トマト、仔牛のカツレツ、メレンゲのジャムがけ――を投げつけてやりたいと想像するだけで終わっていただろう。

実をいうとベアトリスは、当時のことを毎日のように思い返していた。公爵と再会し、また別の形で彼に挑戦できる機会がくることを、心のどこかで待ち遠しく思っていたのだ。もちろん、そんなことを期待するのはばかげていた。あんなふうに大胆な自分になれたのは、殺人現場という特異な状況だったからだ。粋な会話が飛び交う優雅なパーティで出会ったところで、自分はどうせおどおどして、いつものように黙りこんでしまうだろう。

それに公爵だって、あのときとはちがうはずだ。湖水地方でのハウスパーティには、ごく限られた数のゲストしかいなかったが、彼がふだん身を置いている社交界は、それよりもはるかに大きな規模なのだ。あのとき公爵がベアトリスに関心を示したのは、殺人犯を見つけるという同じ目的を持っていたからだし、それ以外に彼の関心を引くようなことがなかったからだろう。だがロンドンでは、彼のように富や地位に恵まれた男性なら、パーティへの招待や気晴らしに事欠くことはない。叔母さんが心配している、あの別れ際の彼の言葉は、単なる社交辞令だったとベアトリスは思っていた。おそらくそんな約束はとっくに忘れているだろう。どこかのパーティや公園でばったり出会ったとしても、彼女の名前を思い出すかどうかすら疑わしい。

ああもう！　ベアトリスは、こぶしを握りしめたあとでハッとした。おかしいわね、自分は現実的な人間だと自負していたはずなのに。公爵のことなんか、何とも思っていないはずなのに。彼はたしかに、女性なら誰もが胸をときめかせる紳士だ。だが彼女は、雲の上の存在に、望みなき情熱をたぎらせるほど、愚かではなかった。彼を恋しく思うのはむしろ、一緒に犯人を追っていたとき、彼女の部屋で静かに語り合ったあのとき、ふたりの間に芽生えた〝仲間意識〟のせいではないかと思っていた。あの瞬間、それまで誰にも感じたことのない気持ちを、公爵によって初めて知ったのだ。それなのに、彼のほうはすっかり忘れているかもしれないなんて。だめだわ、何をゆううつになっているの。すこし気晴らしが必要なのかもしれない。ベアトリスは背筋を伸ばした。公爵のことをつい考えてしまうのは、まもなくシーズン最初の舞踏会があるからだろう。不安と期待が胸の中でふくらみ、複雑にからみあっているのだ。

そのとき、叔母さんの声でハッとした。

「フローラなら、彼の似顔絵をかけるんじゃないかしら」

フローラはココアのカップを持ち上げる手を止め、眉をひそめた。

「わたしが？」

叔母さんは大きくうなずいた。「あなたの腕はずば抜けているもの」

「ありがとう、お母さま」フローラはにっこり笑った。「たしかにここ二ヵ月ほどで、すごく上達したような気がするの。すばらしい先生を見つけてくれたおかげだわ」

「おいおい、フローラ」ラッセルがうんざりした顔を妹に向けた。「ご機嫌取りもいいかげんにしろよ」

フローラは険しい顔で言い返した。「わたしはただ、絵のレッスンを受けられて感謝していると言っただけよ。お兄さまだって、ボクシングの指導を受けられたら感謝するでしょ」

ラッセルはぽってりした唇を引き結んだ。ボクシングを習いたいという彼の希望に、両親がとりあわないことが悔しいのだ。

「まだ受けていないからわからないよ」

「ああ、そうだったわね」フローラはにんまりした。

ラッセルはおもしろくなさそうに口をつぐんだ。

「ねえ、だからデイヴィスさんの似顔絵をかいてみてよ」ヴェラ叔母さんはいつものように、子どもたちの言い争いを無視した。「ここの特徴がどうとか、ベアトリスから詳しく聞けばいいわ」

「まあ、そんなの無理だわ」ベアトリスは思いがけない提案におどろき、つい声を上げてしまった。

だがフローラのほうは、目を輝かせた。「いいえ、わたし自信あるわ。まかせて」従姉のほうを向き、大きくうなずいた。「あなたはただ、簡単に答えてくれればいいだけよ。顎の形はとがっているとか、角ばっているとか。そのあとわたしがかいたのを見て、もう少し詳しく教えてくれればいいのよ」

ベアトリスは身震いしそうになった。どうしよう。本当にまずいことになったわ。

「でもやっぱり――」

「似顔絵か。そいつはいい考えだな、ヴェラ」新聞を読んでいたホーレス叔父さんが言った。「どうしてもっと早く思いつかなかったんだろう」

叔母さんはほめられてますます勢いづき、ベアトリスに向き直った。

「何も心配することはないわ。ゆっくり考えれば、髪の毛一本にいたるまで思い出せるはずよ。心から愛した人なんだから」それから、非難めいた口調で付け加えた。

「あなたにはそういう能力があるんだもの」

叔母さんは、ベアトリスが殺害現場の様子を詳細に覚えていて、その結果犯人を追いつめたことを、いまだに苦々しく思っているのだ。姪っ子がもう少し注意力散漫であれば、叔母さんは今もまだ、女学院時代の友人たちと楽しくつきあっていただろう。娘のフローラだって、侯爵家の息子と婚約していたかもしれない。

被害者の名誉を重んじるあまり、ベアトリスは叔母さんに大きな借りを作ってしまったのだ。

「朝食を終えたら、さっそく始めましょうよ」フローラが言った。「玄関脇の応接間がいいわね。陽射しがたっぷり入って明るいもの」

ベアトリスは弱々しくほほ笑みながら、セオドア・デイヴィス氏の姿を思い浮かべようとした。けれども記憶にあるのは、右目を横切って斜めに走るうっすらした傷跡だけだ。彼の容姿についてあのとき語ったのは……たしか瞳はブルーで、髪はブロンドだったかしら？　あとはやさしくて話題が豊富で、頭がよくて……。

もちろん、今から新たな人物をでっちあげても全然かまわないのだ。誰も彼を見たことがないんだもの。というか、そもそも実在しないのだから、正確に思い出すも何もない。だが何の制約もなく自由に語れることが、かえって恐ろしいようにも感じた。説明がちぐはぐで、とっても気味の悪い男性になってしまったら？

もっとまずいのは、みんなが知っている誰かの顔になってしまったら？　叔父さんはただそれ以上に、その似顔絵がどう使われるかのほうが不安だった。

印刷所に持ちこんで複製を何枚も依頼し、法律事務所へ問い合わせる手紙に同封するつもりだろうか。それともまさか、新聞に載せるつもり？

その絵を握りしめ、叔母さんが広告を依頼する様子を思い浮かべ、ベアトリスは背筋が寒くなるのを感じた……。

待って。新聞に載せるですって？

ベアトリスは持っていたティーカップを危うく落としそうになった。この窮地を逃れる、一発逆転とも言える方法を思いついたのだ。そうよ、そうよ、新聞というものがあるじゃないの！

〈ロンドン・デイリー・ガゼット〉にデイヴィス氏の死亡広告を出せば、すべての問題が解決する。毎朝欠かさず新聞を読む叔父さんのことだから、その記事を目にしたら、絶対に叔母さんに、いや家族全員に伝えるにちがいない。叔母さんはおそらく、二、三日はひどく落ち込むだろうが、どうしようもないのだから、また元気を取り戻すはずだ。結局誰もが、いつかは死を迎えるのだから。

ベアトリスは晴れ晴れとした気分になり、三十分後にフローラと応接間で会うことを約束すると、席を立った。ほとんど何も口にしていなかったが、広告の文面を考えなければいけないから、ニシンの燻製を食べている暇はない。そこで紅茶のお替わりだけはしっかりもらって、カップを手に自分の部屋へとひきあげた。

　死亡広告を書いた経験はなかったが、要点をしぼって簡潔に書けばいいだろう。

『二十七日月曜日、ハロルド・デイヴィス氏の末の息子であり、献身的な夫でもあった三十歳のセオドア・デイヴィス氏が亡くなった。このうえなくやさしく、愛情深く、たぐいまれなる思慮深さをもったデイヴィス氏は、敬虔なるキリスト教徒として懸命に生き、そして旅立った』

　ベアトリスは書き上げた文面を三度読み返した。それから新聞社に送るために封筒に入れようとして、掲載料を同封する必要があると気づいた。そうそう、無料で掲載してもらえるわけじゃなかったわ。架空の法律事務所の職員の、それもでっちあげた死亡広告を載せるのに、いったいいくらかかるのだろう。

だめだわ、まったく見当がつかない。新聞社まで出向き、掲載を依頼するしかないだろう。もちろん、自分ひとりで。そう思うと足がすくんだ。この大都会ロンドンで、家族やメイドの付き添いなしで出かけたことはない。いくら明るい時間でも、用心するに越したことはないだろう。女ひとりで出歩くのは危ないと、叔母さんからつねづね言い含められているもの。

そこでクロゼットを見渡し、なるべく目立たないドレスを選ぼうとしたが、どれも地味なものばかりで、決めるのがなかなか難しい。あれこれ迷ったあげく、五年前、母方の祖父の葬儀で着たグレーの外出着を選んだ。飾りがまったくないドレスで、どう見ても人目をひくとは思えない。

広告文を書き終え、ドレスも決まったので、一階の応接間に下りていった。テーブルの上に木炭とスケッチブックを置いて、フローラが待っている。ベアトリスを見たとたん、うれしそうに顔をかがやかせた。かつての恋人から特徴を聞き、見たこともない人物の似顔絵をかくという任務に、とても張りきっているようだ。

「じゃあ、はじめましょうか」フローラはまず、デイヴィス氏の顔の形を尋ねた。丸いのか楕円形なのか四角いのか、あるいはもう少し複雑な、たとえばハート形なのか。

ベアトリスは目を閉じてしばらく考え、一番かきにくそうなハート形に決めた。

フローラはうなずくと、つぎに鼻について尋ねた。

「鼻筋はしゅっと長くて」ベアトリスは、窓のそばに置かれた胸像のわし鼻を見ながら答えた。

「なるほど」フローラが励ますように言った。「じゃあ、幅はどう？　細いのかしら。できれば形も」

ベアトリスはまた少し考え、鼻筋の幅は中くらいの細さだと答えた。我ながら意味不明な表現だと思ったが、フローラは納得したようにうなずいている。

「あとは、真ん中あたりに少し段があったわ」

一時間後、フローラは木炭をテーブルに置くと、一回目のデッサンはとてもうまくいったと言い、スケッチを見せてくれた。涼し気な目元に、男らしい顎、引き締まった唇。うっすらした傷跡以外は、不安になるほど、馴染みのある高貴な人物に似ている。

ベアトリスはこわばった笑みを浮かべながら、フローラにお礼を言った。

「ヴェラ叔母さんの言うとおりね。あなたは本当に才能があるわ」

ほめたのは本心からだったが、架空の人物の似顔絵をかかせたことに、申し訳なさも感じていた。せっかくの才能を、こんなことで無駄遣いさせたのだから。

ひょんなことからついた嘘が、終わりの見えない広がりをみせてしまう。もう二度と嘘なんてつくものか。ところがベアトリスはすぐにその誓いを破り、頭がくらくらするふりをしてフローラに言った。

「なんだかすごく疲れてしまったわ。しばらく部屋で休むわね」

「まあ、つらいことを思い出させて悪かったわ」フローラが気の毒そうに言った。「正直言うと、どうしてお母さまが、あそこまでデイヴィス氏にこだわるのかわからないの。彼を見ればあなたの好みの男性がわかるって言うけど、二十年一緒に暮らした家族のほうがあなたのことをよくわかっているんじゃないかしら。あ、でもあなたが何ヵ月も秘密の愛を育んでいたなんて、誰も気づかなかったんだものね。だからやっぱり、お母さまが正しいのかも。わたしたちはあなたのことを、何もわかっていなかったんだわ」

この指摘は実に的確であると同時に、まったくの的外れでもあった。だがベアトリスは特に何も言わず、にっこり笑って感謝を示すと、自分の部屋にひきあげた。それからすぐにグレーのドレスに着替え、同じく地味な色の、つばが大きくつきでたボンネット帽をかぶり、顎の下でリボンを結んだ。これだったら、わざわざのぞきこまれない限り、顔はほとんど見えない。最後に、辻馬車の代金と掲載費を合わせ、少し多めにと考え、五シリングをバッグに入れた。

家族の誰にも見られずに、無事に外に出ると、にぎやかな通りまで行って辻馬車を拾った。歩けないほどの距離ではないが、人目に付かないに越したことはない。ただ午後の早い時間帯のわりに、交通量が多く、歩いたほうが早いと思われるほど、馬の歩みは遅かった。それでもやがて、ストランド街にある〈デイリー・ガゼット〉の前に到着した。

歩道に立って見上げると、格子窓がいくつも並ぶレンガ造りの建物がそびえている。ベアトリスはバッグをかたく握りしめ、正面のドアを押し開いた。おどろいたことに、社内はしんとしている。新聞業界は競争が激しく、読者の関心を引くためだろう、大げさな見出しをつけるので、ものすごい喧噪のなかで仕事をしていると思っていたのに。編集者が記者をどなりつけ、記者が植字工をどなりつけ、植字工が印刷機をどなりつけ、印刷機がガラガラと大きな音をたてて回っている、そんなふうに。ところが目の前には、天井の低い部屋で、十数人の男たちが机に向かい、もくもくと仕事をしている光景が広がっていた。

ベアトリスは邪魔をするのがしのびなく、しばらく戸口に立ったままもじもじしていた。するとうしろでドアが開き、入って来た男が大声で叫んだ。

「広告を頼む!」

その声は静まり返った室内に響きわたったが、顔を上げたのはただひとり、眼鏡をかけた黒髪の男だけだった。彼は入って来た男にうなずいたあと、近づくようにと手振りで示した。

なるほど、何をしてほしいか声をかければ、担当の人間が顔を上げて呼んでくれるのね。そこでベアトリスも、真似をして大声で言ってみた。

「死亡広告の掲載をお願いします!」

すると中年の男性が腕を上げたので、近づいていって、明日の新聞に載せたいと話し始めた。ところが彼はむっつりした顔のまま、差し出した右手の指をくねくねと動かしているだけだ。そうか。早く原稿を渡せと言っているのね。そこで無言のまま手渡すと、彼はすばやく目を通して代金を受け取り、すぐに元の作業に戻った。

ベアトリスはホッとして、しばらくその場にたたずんでいた。会話らしい会話もせず、あれこれ心配していたのが嘘のように、あっけなく終わってしまった。なあんだ、やる気になれば案外できるものじゃないの。世間知らずだとか、ロンドンの街中はこわいからひとりでは無理だとか、いろいろおどされてはいたけれど。思わず鼻歌でも歌いたくなるほど、すがすがしい気分だった。この世界から、架空の恋人を葬り去ることを思いつき、それをあっさりやってのけたのだ。このことをケスグレイブ公爵が知ったら、どんな顔をするかしら。もちろん、彼が知ることは絶対にないだろうけど。

うきうきしながら出口まで向かうと、ひとりの紳士がドアを押し開けて入ってきた。髪形は最新流行のクー・オー・ヴァン、クラバットは完璧なオリエンタル・ノットに結んだ立派な紳士だ。けれども、ベアトリスが狭い通路をゆずろうと脇によけたとたん、彼は口をぱくぱくと開け、だが結局はひと言も言わぬまま、いきなりベアトリスの足元をめがけ、どうと倒れこんだ。

いやだ、この人どうしたのかしら。気分でも悪いのかしら。

だがすぐに、そうではないとわかった。うつぶせになった彼の背中から、短剣の柄がにょっきりと突き出ていたからだ。そしてその美しいヒスイの柄には、まばゆいばかりの輝きを放つ、色とりどりの宝石がちりばめられていた。

2

　わたしはなんて冷たい、自分勝手な女なのだろう。もっと思いやりがあって、やさしい人間だと思っていたのに。足元にうつ伏せで転がる紳士を見つめながら、ベアトリスはまずそう思った。

　だって目の前に、それも五ヵ月足らずの間に二回も死体が転がっていたら、ふつうなら思うはずだ。自分は災厄をもたらす、呪われた星の下に生まれた人間で、被害者に申し訳ないと。それなのに今、彼女の頭の中は、ハイドクレア家の人たちのことでいっぱいだった。デイヴィス氏の死亡広告が新聞に載ったその前の日に、彼女が〈デイリー・ガゼット〉にいたと知ったら、どう思うだろう。ホーレス叔父さんなら、この二つの情報をぐいっと直線で結び、しかるべき結論に達するはずだ。

　それは絶対に、絶対にまずい。極上の生地だとひと目でわかる紳士の上着に血の染みが広がっていくのを見ながら、ベアトリスは考えていた。何をどうやっても、デイヴィス氏の存在が虚構であると、叔母さんに知られるわけにはいかない。

「ほらお嬢さん、そこをどいて」誰かが彼女に言った。どすのきいた、少しいらだっているような声だ。

振り返ると、ドアの近くの席に座っていた黒髪の男が立ち上がり、ベアトリスを押しのけて膝をついた。そして倒れている紳士の喉に指を当てると、大声で叫んだ。

「おい、息がないぞ！」

男はためらうことなく、紳士の背中に刺さったヒスイの柄をつかみ、一気に引き抜いた。

ベアトリスは恐ろしさのあまり息をのんだが、ふと気づくと、背後にたくさんの男たちが群がっている。「そこをどけ」という声と共に、あっという間に後方に押しやられ、とうとう死体の頭しか見えなくなった。

部屋の中は、少し前とはうってかわって大騒ぎになっている。死体をどう処理するか、誰に連絡するか、どんな記事にするかと男たちが口々に叫んでいるのだ。

「こいつは大ニュースだ。ラッキーとしか言いようがないな」記者のひとりだろう、うれしそうな声も聞こえる。

顔が見えるようにひっくり返せと誰かが言い、それに応え、ふたりの男が死体をあおむけにした。

ベアトリスも好奇心がうずき、記者たちをかきわけて近づくと、紳士の顔がはっきりと見えた。鼻筋がとおり、顎の中央がくぼんだなかなかハンサムな紳士だ。漆黒の髪はかきあげたように固められ、まるで荒野から馬でさっそうと現れたかのようだ。またコートやブリーチはどれも完璧な仕立てで、身体に縫いつけられたようにぴったりフィットしている。裕福な貴族で、社交界の花形のひとりだったのはまちがいない。

けれども、今あおむけで倒れている紳士にその面影はない。生気のない青白い顔を見て、ベアトリスは恐ろしさに身震いした。

ハウスパーティの事件で、被害者のオトレー氏の遺体はずっとうつ伏せのままだったので、こうした恐怖を味わうことはなかった。今思えば、死体を動かしてはいけないと命じたケスグレイブ公爵の判断は正しかったのだ。殺人事件に関わった経験はないと言っていたが、すべての情報を集めるまでは、現場を乱さないほうがいいと直感したのだろう。

「おい、なにをやっている！」ビーバーの帽子をかぶった男が死体を見てどなった。「誰がひっくり返したんだ？　え、誰なんだ？」

彼の激しい怒りを見て取ったのか、部屋の中はとたんに静まり返った。にらまれた何人かがあわてて首を振ると、彼はさらに怒りを爆発させた。

「我が社には大事なルールが一つある。いいか、一つだけだ」男の顔は真っ赤だった。「社内で暴力沙汰は許されない。コートルードの事件でミラーがアダムの鼻をへし折ったあと、そう決めただろう。だがもちろん被害者側も同罪だ。特ダネを盗んだずるがしこい奴も、ここに転がっている男もだ」

その言葉に腹を立てたのは、名前を挙げられた記者たちだ。

「アダムの鼻はあざができただけじゃないか」

「おれは自分でネタを手に入れたんだ」

ビーバーの帽子の男は、彼らの口論を無視して話を戻した。

「医者は呼んだのか？」

「はい、グリーンがターナー医師を呼びに」

「警察へは?」

「ピーターソンが行きました」

ふたたび周囲がざわめきはじめたので、ベアトリスは少しずつ後ずさり、出口へと向かった。だがそのあたりは記者がたむろしており、誰にも気づかれずに出ていくのは難しそうだ。今はこの思いがけない事件で彼女の存在を忘れているにしても、遅かれ早かれ、紳士が倒れた場所に若い女性がいたことを思い出すだろう。

無残に殺されたハンサムな貴族、そしてうら若き美女の目撃者となれば、センセーショナルな事件として報道されるのはまちがいない。

うら若き美女ですって? 気にしない、気にしない。新聞というのは、読者が望むように脚色するものだ。とはいえ、若い美女だろうが年増女だろうが、どんな記事になったとしても、新聞に載るなんてとんでもないことだ。デイヴィス氏の話がまったくのでたらめで、それを隠蔽(いんぺい)しようとしたことが叔母さんたちにばれてしまう。いいえ、たとえ新聞に名前が載らなくても。目撃者として警察官に尋問されたら、その事実はとうぜん家族にも伝わるだろうし……。

ビーバー帽の男はどうやら編集長のようで、騒ぎがちっともおさまらないことにいらつき、またも大声でどなった。「静かにしろ。おれの話を聞け」

するとその場の全員が、彼に目を向けた。よし、いまがチャンスだわ。ベアトリスは急いで彼らの背後にまわり、そっとドアの外へ抜け出した。

けれどもホッとしたのは一瞬のことで、ドアの前にはもちろん、周辺の歩道一帯にたくさんの人が集まり、車道にまではみだしそうになっている。殺人事件が起きたとすでに広まっているのだろう。ストランド街には新聞社がいくつもあり、右隣のビルには〈ブリティッシュ・プレス〉、左隣のビルには〈モーニング・クロニクル〉が入っており、それらの記者たちも、被害者をひと目見ようと騒ぎ立てている。自分は目撃者だと言い張り、中に入りこもうとする者もいた。

「おれは最初から見たんだ」頰髯を伸ばした男が言った。つぎの当たった茶色いコートを着ている。「短剣だったろ？　黒っぽい柄のついたやつだろ？　怪しげなやつが肩を刺して逃げていったよ。なあ、おれを中に入れてくれ。何もかも話してやるからさ」

ベアトリスは群衆に紛れてその場を離れながら、ぼそぼそとつぶやいた。

「信じられない。こんなにぎやかな場所で、真昼間に殺人ですって？　やっぱりロンドンは怖いわ」

しばらく行くと辻馬車を止め、ポートマン・スクエアに向かってほしいと告げた。それからすりきれた背もたれにぐったりと身体をあずけると、衝撃的な場面を思い返してみた。あのハンサムな紳士は、肩甲骨の間に短剣をつきたてられ、それが心臓まで達して人生を終えたのだ。その忌まわしい行為の背後には、憎しみや裏切り、恨みが渦巻く世界があったにちがいない。そして不可解な無数の決断が熟し、その結果として行動に移されたのだろう。

それでもベアトリスは、紳士が自分の足元に倒れこんできたことが、どうしても偶然だとは思えなかった。彼女に罰を下すために、神さまが仕組んだ事件ではないだろうか。嘘をつくとこんな困った状況に陥るのだと、わからせるために。

そんなことがあるわけがない、我ながら自意識過剰ではないかとも思う。なにしろこれまでの人生で、運命の神さまは、一度だって彼女に関心を示したことはないのだ。今になって、こんな冷酷な方法で干渉してくるはずがない。この広い世界における自分の立ち位置を考えれば、そのほうがむしろあたりまえだ。

だが頭ではわかっていても、うっすらした不安はどうしても消えなかった。あの紳士が殺されたのは、彼女の罪滅ぼしのためだったのではないか。

「ああもう、そんなことがあるわけないわ。ばかばかしいったら」そうつぶやきながら、辻馬車から降りて、料金を支払った。

出かけるときと同様、こっそり家に戻るのは何の問題もなかった。叔母さんはトレイの上の招待状を玄関ホールで確認していたが、脇を通るベアトリスには目もくれなかった。姪っ子がこっそり外出したなど、それもメイドも連れずに出かけたなどとは、思いもしなかったのだろう。

ベアトリスがクリーム色のドレスに着替えて居間に顔を出すと、フローラが笑顔で手招きした。

「お茶をどうぞ。部屋にこもりっきりだったから、喉が渇いたでしょう」

まもなくヴェラ叔母さんが入って来た。

「今週はパーティの予定が少なくて残念だわ。マートン卿の奥さまからオペラに誘われているけど。彼女、アマーシャム伯爵のおばさまだから、気が進まないけど行ったほうがいいわよね」紅茶を自分のカップに注ぎながら続けた。「アマーシャム伯爵は、とても好青年よね。湖水地方での不愉快な事件のあと、すごく親切にしてくださったもの。ねえフローラ、彼をどう思う？　伯爵夫人になれば、どれほどすばらしい人生を送れるかしらねえ」

「ええ、お母さまの言うとおりだわ」フローラはうなずいたが、あまり乗り気ではなさそうだった。

それもしかたがないと、ベアトリスは思った。ハウスパーティで観察したかぎり、彼は由緒正しい貴族の血をひいている、ただそれだけの青年だ。すでに二十四歳ではあるが、夫としてふさわしい成熟した雰囲気はない。あのときもほとんどの時間を、彼と同様、未熟者としか言いようのない侯爵家の息子と過ごしていた。

話題を変えるためか、フローラは事件の被害者だったオトレー一家の話を持ち出した。「そういえば、オトレー夫人やエミリーは、ロンドンのタウンハウスには来ているのかしら。でも来ていたとしても、まだ訪問は受けていないわよね。丸一年も喪に服す必要はないと思うけど、さすがに四ヵ月では短すぎるもの」

ヴェラ叔母さんはため息をついたあと、ベアトリスをにらみつけた。こうした残念な状況になったのは、彼女のせいだと思っているのだ。もし姪っ子が、侯爵家のハウスパーティであんなにドラマチックに、犯人を追いつめなければ。つまりもしベアトリスが、あれほど聡明でなければ。そうすれば今ごろは、オトレー夫人のもとへご機嫌伺いにいけたのにと。

けれどもベアトリスが真実を暴いたことで、そうした楽しみは奪われてしまったのだ。

弁解ならいくらでもできたが、ベアトリスは表情を変えず、口を開くこともなかった。叔母さんにとっては、オトレー氏を殺した犯人を見つけることなど、たいして重要ではなかったのだろう。

「まだどうするかは決めなくてもいいんじゃないの、フローラ。オトレーさんたちがロンドンに来ているかどうかもわからないし」叔母さんが言った。

フローラがにっこりほほ笑んでうなずくと、ふたりはこの問題にきりをつけ、もっと差し迫った話題に移った。今年のシーズンで気後れせずに堂々とふるまうためには、何組の手袋が必要かというのだ。ああでもない、こうでもないと思う存分議論したあとで、何の意見も述べなかったベアトリスに相談した。

「八組ではどうですか」ベアトリスが口から出まかせで言うと、彼女たちは「まあ、そんなにたくさん？」と言い、心から楽しそうに笑った。

ここポートマン・スクエアでの午後は、実に平和だった。だがベアトリスは、こうしたささやかで穏やかな日常を、とうてい楽しめる気分ではなかった。その日の異常な出来事がかえって鮮やかによみがえり、いっそう不安になったからだ。夕食が終わって九時半になると、自分の部屋にひきあげた。不安と期待でどうにも落着かず、その思いを叔母さんたちに気づかれるのではないかと心配だった。

部屋の掛け時計はいつもどおり平穏に時を刻んでいたが、今夜はどうしてだか、カチカチという音が、やけに大きく響くような気がする。まるで何か、恐ろしい瞬間へのカウントダウンのようにすら感じてしまう。

デイヴィス氏が亡くなったと知ったら、叔母さんはどんな反応をするだろう。もしかしたら、ベアトリスの表情から真実を見抜き、大声でこんなふうにののしるかもしれない。

「こんな嘘の記事まで出して。家族だけでなく、ロンドンじゅうをだましたのね。すぐにここから出て行きなさい。二度と戻ってこないで」

そんな修羅場をあれこれ考えながら、ベアトリスはいいかげんにしなさいと自分をいさめた。自分はこれほどまで、自己中心的な人間だっただろうか。今日の午後、自分の足元で亡くなった紳士のことを、これっぽっちも考えないほどに。

前回の事件でオトレー氏の無残な姿を見たときは、彼の名誉を挽回しようとすごく熱くなっていたのに、今回の無関心さは、我ながらおどろくほどだ。あのときは、月明かりを浴びた遺体を見た瞬間、真実をつきとめたいという衝動にかられた。ケスグレイブ公爵に何度追い払われそうになっても、つぎつぎと言い訳を考え、あの場にとどまろうとした。

本来なら、今回の被害者がまったく知らない紳士だとしても、同様の敬意を払うべきなのに。

ただベアトリスは、自分の冷淡さを反省しつつも、二つの事件の状況は大きくちがうとわかっていた。侯爵家のハウスパーティでは、事件の真相を突き止めようと考えたのは彼女ひとりだった（実は公爵も調べようとしていたが、あの時点ではそうと知らなかった）。

だが今回の殺人事件は、うんざりするほど注目を浴びている。〈デイリー・ガゼット〉の記者だけでなく、ライバル社の記者たちも、死体をひと目見ようと騒いでいた。それにもちろん、警察も捜査をはじめただろう。

そうした状況で、ベアトリスがこの事件の謎を解こうとする意味があるだろうか。情報だって、どうやって集めたらいいのかわからない。まずは現場から始めようとはいうが、この事件には、〈デイリー・ガゼット〉が関係しているのだろうか。それとも被害者は刺されたことに気づいて、助けを求め、たまたま入って来たのだろうか。

明日の新聞を見れば、彼が何者かはすぐにわかるだろう。ただ犯人をつきとめるには、たくさんの関係者に話を聞く必要がある。六年間のシーズンを無言で通してきたベアトリスに、そんなことができるはずもない。「ご機嫌いかがですか」と訊かれただけで、顔を真っ赤にしてどもってしまうのだから。おそらくあのハンサムな紳士の友人なら、社交界の中心にいる美男美女たちにちがいない。そんな人たちに対して、立ち入った質問をできると思うほうがどうかしている。彼らだって、見も知らぬ娘にとつぜん思いがけない質問をされたら、不審に思うはずだ。「ちょっとだけ我慢してください。わたしは殺人犯を追っているのです」なんて言うわけ？

そうそう、今回の事件は、あらゆる点でオトレー氏の場合とはちがうのだから、調査をする義務はもちろん、義理だってないはずだ。だから今は、デイヴィス氏の突然の訃報を叔母さんたちがどう受け止めるか、それを心配することに全精力を傾ければいい。そもそも探偵のまねごとには、これっぽっちも興味なんてないし。

ベアトリスはホッと息をつくと、昨夜途中まで読んでいたジョージ・ステップニーの伝記を手に取った。詩人であり、大使でもあった彼の前半生はとても魅力的で、海外に出て活躍するところなどは夢中になって読んだのに、今夜はどういうわけか、まったく面白くない。ケンブリッジの早熟な天才は、結局は他の学者同様、つまらない人間のように思える。

昨夜とまったく逆の評価を下した原因は、新聞社での事件が気になって文章に集中できないせいでもあった。最後まで読みきってしまおうとふたたび本を開いたものの、結局は無駄なあがきだった。どうやっても、紳士の背中に突き刺さったヒスイの柄の短剣が脳裏から消えない。そしてあの美しい短剣が、あまりにもあの紳士によく似合っていたことが、なんだか奇妙に思われた。ワインレッドの上質なコートによく映えて、まるでハンサムな青年がもだえ苦しむ様子を、いっそう魅惑的に見せる小道具のようだった。そう、大英博物館に並んでいてもおかしくない、まさに芸術的と言ってもいいような。

ベアトリスが大英博物館を訪れてから三年近く経つが、短剣のコレクションがとても充実していることは知っていた。インドや中国、アフリカなど、世界のさまざまな地域から集められ、二千年以上も前に鍛造された素朴な物もあれば、おどろくほど精巧な細工がほどこされた物もあった。その美しさに圧倒され、しばらく目が釘づけになったことを思い出す。そういえば短剣の柄がヒスイで、根元が優雅な格子模様に彫られていたものがあったっけ。

いや、たしかもっと、複雑な模様だった。ベアトリスは目を閉じ、正確に思い出そうとした。あれは馬の形に彫られていて、まるで――。

その瞬間、息が止まりそうになった。信じられないけれど、あの短剣は、今回の凶器にそっくりだった！　記憶はおぼろげだけど、あまりにも似すぎている。

こうなったら明日、大英博物館に行ってみないと。もちろん、ひとりで行くしかないだろう。短剣のコレクションを見たいと言ったら、同行した家族に怪しまれてしまう。

だけど、ひとりで行くなんてできるだろうか。

実をいえば、それほど難しいことではなかった。ハイドクレア家の人たちは、古い文化や文明にはまったく興味がない。ヴェラ叔母さんが大英博物館を訪れたのは、たったの一度きりだ。あのときは、彼女の年老いた伯母のレディ・ワッティングフォードが、どうしてもタウンリー・コレクションを見たい、あの古代ギリシャの彫刻を見なければ死ぬに死ねないと言いはって、姪である叔母さんがしかたなく連れていくことになり、ベアトリスも無理やりつきあわされたのだった。だが結果的には、とても楽しめたのを覚えている。

今回は、メイドのアニーを一緒に連れていけばいい。こんな外出をフローラが言い出したら猛反対されるだろうが、顔がほとんど知られていないひきこもりの娘なら、問題はないはずだ。

ベアトリスは、胸の鼓動がとつぜん速くなるのを感じた。期待してはいけないと自分に言い聞かせたが、どうしても興奮を抑えることができなかった。今回の事件に興味が持てなかったのは、目的を見出せないせいだけでなく、手がかりが何もないため、調査のしようがないと思ったからだ。

だが今、自分のひらめきで真相解明の鍵を見つけたのだから、独自に調査を始めてもいいのではないか。怖いようなうれしいような、ぞくぞくする感覚が身体のなかを駆け抜け、今すぐにでも大英博物館に飛んでいきたかった。

それでもはやる気持ちをおさえ、自分に言い聞かせた。

もしちがう物だったら、調査をするのはいさぎよく打ち切りにしよう。かぎまわっていることを誰かに気づかれたら、笑いものになるだけだもの。ふと、ローランドソンの手による風刺画――〝女警察官、登場〟という文の下に、警察官の服を着たベアトリスが、虫眼鏡でのぞいているイラストが目に浮かんだ。

そんなことになったら、ロンドンじゅうの噂になってしまう。六回のシーズンで、一度も注目を浴びることがなかったというのに。ベアトリスは、過去の情けない日々を思い返した。

きらびやかな舞踏会で、他の娘たちはみんな、花婿候補の紳士たちと楽しそうに笑っていた。それなのに、彼女ときたらおどおどして、気の利いた言葉ひとつ返せず、相手の紳士はやれやれと首を振って去っていったっけ。それはさらなる悪循環を生んで、彼女はますます自信をなくし、ただぼんやりとその場にたたずみ、時間が過ぎるのを待つしかなかった。美貌にも恵まれず、会話のセンスもなければしかたがない。パーティに出ても存在すら気づかれず、そのせいで、自己肯定感が急速に低下してしまった。

ところがある日突然、彼女が知性を発揮する舞台を神さまが与えてくれた。残念ながら、それは殺人現場だったが、いつもの彼女とは別人のようにきびきびと動いて、その鋭い知性で公爵をうならせた。そして彼はあのとき、侯爵家の居間に全員を集め、彼女が犯人の正体を暴く場を用意してくれたのだ。公爵があそこまで信じてくれたことに、感謝したのはもちろん、勇気づけられもした。だから今回また、自分の能力を試す機会が訪れ、どこまでできるか、どうしても挑戦してみたくなった。

漠然とした不安はあるものの、新たな冒険に出るような気持ちで胸が躍った。

ベッドに入ると、読みかけだったステップニーの伝記を開いた。そして二時間後、外交官になった彼がブランデンブルグに向かうところで本を閉じると、ろうそくの灯を吹き消し、まもなく深い眠りに落ちていった。

3

翌朝、元気よく目覚めたベアトリスはすぐにメイドを呼び、外出用のドレスを着ると告げた。

「アニー、わたしたち今日はね、大英博物館に行くのよ」水色のドレスを出してきた黒髪のメイドに、楽しそうに話しかけた。「叔母さまたちと行くんじゃないわよ。あなたとわたしのふたりでってこと。十一時に出発できるように、準備しておいてね」

アニーは目を丸くした。このひきこもりのお嬢さまとわたしとふたりで？　そんなこと今まで一度もなかったのに。

ベアトリスはごきげんだった。「とっても楽しみだわ」

十五分後、朝食の間に入っていったときも、相変わらずうきうきしていた。自分の疑問が解消されるのが待ちきれなかったのだ。コレクションが並ぶ展示室に足を踏み入れ、ヒスイの柄の短剣があるはずの場所が、ぽっかりと空いているのを目にする瞬間を。そのあとで、おどろきを隠せない様子で、近くに控える学芸員に問いただすのだ。ここにあった短剣は、いったいどこにいったのかしらと。

ベアトリスは晴れ晴れとした顔で、テーブルについている家族のみんなに挨拶をした。「おはようございます」

すると叔母さんは何かもごもごと言い、顔をしかめて夫のほうを向いた。だがその視線を避けようと思ったのだろう、叔父さんは読んでいた新聞を目の前に高々と掲げた。その直後、叔母さんがわざとらしくコホンと咳払いをした。

叔母さんがこんな態度をとるのはめずらしい。朝食の席で夫が新聞を読むのをとがめることは、これまで一度もなかったからだ。だがベアトリスは、特に気にはしなかった。ドーソンが横で朝食のメニューを説明していて、お腹の虫が騒ぐのをおさえるのに必死だったせいでもある。結局卵を三つもお願いしたあと、恥ずかしそうに顔を上げた。

けれども叔母さんは、相変わらずむずかしい顔をしたまま、夫を見つめている。

叔父さんのほうは新聞を見据えてはいるが、視線がまったく動かないので、読んでいるようには見えない。またラッセルは、空の皿を食い入るように見つめ、卵のお替わりはどうかとドーソンが尋ねても、顔を上げようとしない。フローラも同様で、ドレスの袖を縁取る白いレースを、しげしげと観察している。

ただベアトリスは、四人の不自然な態度をまったく気にしなかった。窓から差しこむ朝日を見て、にっこりとほほ笑む。「なんていいお天気なんでしょう」

だが誰も応えない。

これ以上ないほど平和な言葉なのに、その言葉が引き出した怖いほどの沈黙は、常軌を逸していると言ってもよかった。それでもベアトリスは、くじけることはなかった。その日の予定を叔母さんに尋ね、さわやかに晴れた日には、公園を散歩するのもいいかもしれませんねと水を向けた。

するとと叔母さんは、テーブルを見つめたままつぶやいた。

「妹のスーザンの家でも訪ねようかしら」

ベアトリスはうなずくと、従弟に目を向けた。「ラッセル、あなたはどうするの？こんなにいいお天気ですもの、ハイドパークで乗馬をしてもいいんじゃないかしら」

「あ、ああ。そうだな。そうしようかな」答えはしたものの、彼もやはり視線を上げない。

ふたりの奇妙な反応を気にすることもなく、ベアトリスは明るく言った。

「実はわたしも予定があって——」

「ちょっと待って、ベアトリス」フローラはやさしく言うと、テーブル越しに手を伸ばし、従姉の手を握った。目には哀れみの色が浮かんでいる。それから父親をにらみつけた。「お父さま、ご自分からベアトリスに話してくれると言ったじゃないの」

ホーレス叔父さんは気まずそうに咳払いをすると、〈デイリー・ガゼット〉をさらに高く掲げ、そのせいで、紙面の下からあごが見えるありさまだった。

フローラは苦笑いを浮かべると、従姉に向き直って告げた。

「あのね、テディが亡くなったの」

ベアトリスは、ぱちくりとまばたきをした。「誰がですって？」

ヴェラ叔母さんは洟(はな)をすすり上げるだけなので、フローラはしかたなく続けた。

「だから、セオドア・デイヴィスさんが亡くなったのよ。あなたが心から愛した、すばらしい男性が」

「まあ、いやだ、わたしったら！　そう、そうよね、テディよね！」ベアトリスは大声で叫んだ。死亡広告を依頼したのはつい昨日のことなのに、すっかり忘れていたなんて。

　家族のみんなは、彼女のこのおかしな反応を、悲しい知らせにショックを受けたせいだと思ったらしい。フローラとラッセルはつらそうに首を振り、叔母さんは弱々しくハンカチを目に当てた。叔父さんが言った。

「こんなことになったからと言って、結婚相手を探すのをやめようだなんて思わないだろうね、ベアトリス。きっともっといい相手が見つかるはずだから」

　ベアトリスは叔父さんの言葉をそれほど無神経だとは思わなかったが、フローラは父親をにらみつけ、ラッセルは非難した。「父上、こんなときに何を言うんです」

　だがベアトリスは、がっくりと肩を落としている叔母さんを見て、期待されているセリフを言った。

「いいえ、叔父さまの言うとおりです。ますます結婚相手を探そうという気になりました」目をふせながらヴェラ叔母さんを盗み見て、さらに続けた。「とっても悲しいけど、テディはやさしい人だったから、きっとわたしの幸せを望んでいるはずだわ」

この発言は功を奏し、叔母さんはすぐに元気を取り戻した。

「そうね。あなたが言ったとおり今日は本当にいいお天気だし、あとでリンカーン法曹院に行ってみるのもいいわね。あそこなら、あなたのお婿さん候補がたくさんいるんじゃないかしら」

フローラは身震いして母親を見た。「お母さまったら。ベアトリスはひどいショックを受けたばかりで、自分が何を言っているのかよくわかっていないのよ。もちろん、デイヴィスさんと結ばれる可能性がないことは、頭ではわかっていたでしょう。でもきっと心のどこかで、願っていたはずだわ。彼が妻子を捨て、スラム街の片隅ででも、自分と暮らしてくれるのではないかと。そんな一筋の希望が、まさに今日、なくなってしまったんじゃないの。だからしばらくは、ベアトリスに付き添って見守るべきだと思うの。何をしでかすかわからないもの」

ベアトリスは呆然としていた。フローラが思い描いたスラム街の暮らしも恐ろしいけれど、叔母さんたちがそばにべったり付き添っているほうがもっと恐ろしい。そんなことになったら行動が制限され、大英博物館に行くこともできないだろう。

「それはだめ！」ベアトリスは叫んだあと、思った以上に強い口調になったため、あわてて悲しげな笑顔を作った。「あっ、だから、わたしのためにみんなの予定を変えてほしくないの」

「いやあね、何も遠慮することはないのよ」フローラは笑顔できっぱりと言った。「延期できないほどの予定なんて誰にもないんだもの。お母さま、そうでしょう？」

ヴェラ叔母さんはしぶしぶ同意した。

「ええ、そうね。スーザンとの約束は今日でなくても平気だと思うわ。あの子の娘のジュリアが、レランド家のパーティに着ていくドレスを一緒に選んであげる予定だったんだけど。でもそんなこと、ベアトリスの悲しみに比べたらつまらないことよね」フローラの険しい顔を見ながら、叔母さんの声はだんだん小さくなっていく。

「そんなこと、明日に延ばしたってちっともかまわないものね。だから今日は一日、ベアトリスと一緒にいて、余計なことは言わずにただ寄り添っているわ。お天気はすばらしくいいけれど、新鮮な空気を吸いに外へ出る必要もないわ。だって大事な姪っ子ですもの」そのあとで、期待を込めたまなざしでベアトリスを見た。「だけどもしベアトリスが、デイヴィスさんの想いを汲んで別の男性を探す気になれば、喜んで応援するわ。遠慮しないで何でも言ってね。わたしにとっては、あなたの幸せが一番大事なのだから」

けれども、下手に〝あなた〟という部分を強調したため、かえって取って付けたような感じになり、ベアトリスは危うくふき出しそうになった。だがそれでも、しんみりした口調で言った。「みんなの気持ちはうれしいけれど、今日は自分の部屋で静かに過ごしたいわ。無理をしてそばにいてもらうのも申し訳ないし」

「無理なんかしてないわ」フローラは言いはったが、ラッセルはその横で、約束があったのにと小さくつぶやき、叔父さんは気まずそうに何度も咳払いをし、ヴェラ叔母さんにいたっては、窓の外に目をやって残念そうにため息をついている。

ベアトリスはみんなの様子に笑いをこらえながらも、デイヴィス氏がもし本当に自分の恋人で、突然亡くなってしまったら、おそらく家族のなぐさめなどまったく役には立たないだろうと思った。フローラがどれほど誠意とやさしさをもって接してくれても、かえって絶望が深くなるのではないか。大切な人の死というのは、そういうものだ。

ヴェラ叔母さんが言った。「そうね。気持ちの整理がつかないうちは、ひとりでゆっくり過ごすほうがいいかもしれないわね。そうだわ。レランドの舞踏会も無理して出席することはないのよ。ああいう華々しい場所に出ると、かえって気分が沈んでしまうかもしれないもの」

ベアトリスはあわてて言った。「いいえ、舞踏会の件はもう少し考えてみます」

ケスグレイブ公爵を、彼にふさわしい場で観察する機会を逃したくなかったのだ。

そのあとベアトリスは、叔父さんが席を立つのを今か今かと待っていた。紳士が刺された例の事件は、絶対新聞に載っているはずなのに、叔父さんはその件についてまったく触れない。だからベアトリスは、自分の目で一刻も早く詳細を確かめたかった。

十時になったが、叔父さんはのんびりとお茶を飲んでいる。いつもだったら、執事のライト氏との打ち合わせに向かう時間なのに。まさかとは思うが、姪っ子を気遣う叔父の役目を果たそうと思っているのだろうか。「ねえ叔父さま、さっさと出かけてください。わたしは元気いっぱいですから」なんて、言えるわけがないけれど。

ようやく彼が腰を上げると、ベアトリスはさっそく新聞を手に取ったが、一文字も読まないうちに、フローラに背後から抱きしめられた。

「かわいそうに、そりゃあ自分の目で確かめたいわよね。さあ見て、ここに書いてあるわ。結婚の告知のすぐあとだなんて、ひどいわよねえ」

彼女が指をさした小さな記事に目をやると、自分が書いた文章が目に入って来た。

「ねえフローラ、できればひとりで読みたいのだけど」

「もちろんよ。自分の部屋に持っていったらいいわ」

ベアトリスは新聞を持って引き上げると、熱心に最初のページに目を通し、例の殺人事件に関する記事を探した。海運のニュース、劇場の広告、海軍の報告書、議会の討論について……。

あったわ。『貴族の紳士、刺殺される』

短い見出しの下に、こう続いていた。

『昨日午後一時四十二分、ファゼリー伯爵及びクレストウェル男爵のロバート・ハンソン・クレストウェル卿の遺体が、ストランド地区で発見された。背中には刃渡り三十センチほどの短剣が刺さっており、弊社〈デイリー・ガゼット〉の社内に入ったところで倒れ、息をひきとった。今のところ犯行の目撃者はなく、容疑者もあがっていない。被害者が倒れたのは、死亡広告を載せるために弊社を訪れた女性の足元だが、彼女の容姿、年齢は不明であり、事情聴取を受ける前に姿を消した。彼女が事件に関係しているかは不明だが、近いうちに当局の尋問を受けることになると思われる。

ファゼリー卿は社交界の名士であり、そのスタイルとウィットは多大な影響を持ち、ファッションの権威ブランメル氏が好んだエレガントなシンプルさを否定し、複雑な装飾の復活をリードした。彼の最大の功績は、ファゼリー・フローというクラバットの結び方を生み出したことだが、非常に難しく、従者一人と従僕二人の他に、ほうきの柄が必要だと言われている。

ここ最近、数々の体験にもとづく回顧録をファゼリー卿が執筆しているとの噂が流れていたが、卿は断固として否定していたという。ただ彼は、社交界の裏事情に通じているとされ、それが暴露されるのではと、社交界の名士たちは戦々恐々としていたようだ。当局は今回の事件を、殺人事件として捜査すると発表した』

ベアトリスは何度か読み返したが、容疑者を絞り込めそうな手がかりは一つもなかった。

「あの紳士は、ファゼリー卿というのね」そこでハッと思い出した。ファゼリー卿と言えば、ハイドパークの小道でヴェラ叔母さんが彼とぶつかりそうになり、恐ろしさに固まってしまった相手だ。そのときは可愛らしい小鳥が飛んできたおかげで、運よく難を逃れたと聞いたけれど。そうだそうだ、ファゼリー卿は自分がいらついたことを大げさに触れ回ることで有名な紳士だった。だから叔父さんは、妻に嫌なことを思い出させないようにと、この記事を読んで聞かせなかったのだろう。そんな程度でも思い返したくないのだから、社交界には、彼を恨んでいた人たちが大勢いるにちがいない。ただそうはいっても、殺したいほど憎んでいる人間が、果たしているだろうか。

頭を抱えているところへ、フローラが現れた。大げさに慰められるのはもううんざりだったが、博物館に行くにはまだ時間が早すぎる。しかたなく従妹を招きいれ、感謝のしるしに少しだけ涙を浮かべたが、彼女がますます張り切って慰めようとしたので、さすがに参ってしまった。

ようやく十一時を過ぎたころ、フローラに告げた。

「まあ、もうこんな時間なのね。ちょっと昼寝をしたいのだけど。いいかしら？」

フローラはすぐさま立ち上がった。

「ええ、ええ、もちろんよ！　ゆっくり休んでちょうだい。あとでお茶とケーキを持ってくるわね。そうね、四時ごろにでも」

博物館での調査がどれくらいかかるのかわからないが、ベアトリスは往復にかかる時間と合わせてすばやく計算し、そのころには戻ってこられそうだと判断した。

「いいわね。ありがとう」

フローラはカーテンを閉め、従姉の枕をたたいてふんわりさせると、心配そうな顔をして部屋を出ていった。ふう、やっとひとりになれたわ。ベアトリスはベルを鳴らし、メイドのアニーが現れるのを待った。

彼女のかつての恋人が亡くなったニュースは使用人たちも知っていたので、アニーは外出がとりやめになっていないと知っておどろいたようだった。この様子ではおそらく、彼女はメイド仲間に、お嬢さまと一緒に出かけた先を話してしまうだろう。そしてその話は確実に、叔母さんやフローラの知るところとなる。アニーの忠誠を勝ち取るにはどうしたらいいかしら。

「ねえ、アニー。わたしね、この部屋にただ閉じこもっているのはとても耐えられないのよ。どうしても悲しいことを考えてしまうから」声を震わせながら言った。「みんなには休むようにと言われたんだけど、何か夢中になれるものが必要なの。絶望的な気分を忘れられるような。そのためには、予定どおり博物館に行ったほうがいいと思うのよ。どうしても見たいものもあるし。テディもそれを望んでいると思うのよね」

「もちろんですわ、お嬢さま」アニーは神妙な顔でうなずき、ベアトリスの〝大いなる苦しみ〟に、深い哀悼の意を示した。

ベアトリスも厳かにうなずき、途中で誰かに見つかって止められないよう、とにかく素早く行動してねと告げた。小柄なアニーは、ベアトリスの速足に遅れないようについてくる。無事に外に出て、辻馬車を待ちながら、ベアトリスはアニーに念を押した。

「今日のことは秘密にしてね。叔母さまはこうした気晴らしをわかってくれないでしょうから。ほら、あなたとはちがって」メイドの忠誠心が強まるのを期待し、最後の部分を強調した。

アニーはすぐにうなずいた。「もちろんですわ、お嬢さま」

正午過ぎに博物館に入ると、たくさんの人でにぎわっているのを見て、ベアトリスは安心した。目立たないに越したことはないからだ。フローラより一つか二つ年下のアニーは、重厚な玄関ホールに感動し、ぽかんと口を開けている。

ベアトリスはその様子を見て、この博物館を初めて訪れたときのことを思い出し、二時間ほどひとりでゆっくり見て回るようにとアニーに言った。

「エジプトのミイラとか古代ギリシャの彫像とか、すばらしい物がたくさんあるのよ。わたしは古ぼけた武器でも見ているわ。どんよりして、今の気分にぴったりだから」

自分には付き添う義務があるとアニーは一瞬迷ったようだが、どうやら好奇心のほうがまさったらしい。アニーがうなずくと、ベアトリスはひとりで大階段へと向かった。古美術品はたしか一階上にある。階段をのぼりながら、彼女は興奮をおさえられなかった。以前展示室で見たあの短剣が、もし今回の凶器ではないにしても、彼女のような若い女性が、何か〝目的（ミッション）〟をもって行動することは、めったにないからだ。

ところが古美術品の展示室にある工芸品は、記憶にあるものとはまったくちがっていた。美しい短剣や武器ではなく、エジプトのコインやらローマの陶器、ギリシャのメダルなどが並んでいたのだ。変ね。展示室を間違えたのかしら。

隣の部屋は壺だらけで、そのつぎの部屋にはさまざまな古代宗教の奉納塑像が並んでいる。けれども、『ウォルター・ヘザートン卿のコレクション』という回廊に足を踏み入れたとたん、あの短剣は、このスコットランドの外交官が遺贈した物だったと思い出した。

壁際に並んだ展示ケースをのぞきこみ、記憶と一致する物を探す。

マスケット銃にクロスボウ、むち……。

あったわ！

短剣がずらりと並ぶガラスケースに駆け寄ると、そこにはたしかに、ファゼリー卿の背中に刺さった短剣とまったく同じ物があった。

ヒスイの柄に埋めこまれた、真珠の花飾り。昨日は遠くから見ただけだが、繊細な手仕事をよく見ようとかがみこんだ。なんて美しいのだろう。

思ったとおりの場所に思ったとおりの物があったことで、ベアトリスはぞくぞくするほどうれしかった。だがすぐに、残念な事実に気づいた。この短剣が今ここにあるのなら、ファゼリー卿の背中に刺さっていた凶器ではない。ただそれにしても、あまりにもよく似ている。

もしかしてあの凶器は、複製品だったとか？　あるいはここにある短剣が複製品で、犯人は本物を盗み出すときに置いていったのかも。ベアトリスの胸が高鳴った。

どんなにあり得ないことでも、可能性はゼロではない。彼女は目を輝かせ、短剣の説明書きを読んだ。十八世紀にインドのジャイプールで作られた儀式用の短剣で、ヒスイでできた柄がすばらしく、アマー地区の王にささげられた一対のうちの片方だという。

ベアトリスは息をのんだ。一対のうちの片方ですって？　なるほど、双子の片割れがあるのね。

ということは、もう片方の持ち主が犯人というわけだ。

その人物の名前を尋ねようと、室内を見回して学芸員を探したが、どこにもいない。通路を戻って奉納品や壺の前を通り過ぎ、三匹のキリンの剝製まで来てようやく、ひとりの学芸員が目に入った。ふたりの白髪の紳士に、動物を剝製にする方法を説明している。

しばらく待って、紳士たちが剝製のサイをじっくり見ている隙に、学芸員に近づいた。キリンのように背が高くほっそりしていて、五十歳のホーレス叔父さんより二つ三つ上だろうか。「よろしければ、ジャイプールの儀式用の短剣について教えていただけませんか」

彼はおどろきながらも、目を輝かせて話し始めた。

「あれは実に見事な逸品で、十八世紀にインドのアマー地区の王のために作られたものです。ヒスイの柄にはルビーや真珠、エメラルドが埋め込まれ、鋼を鍛造した刃の長さは三十センチもあります。ウォルター・ヘザートン卿のコレクションのなかでも、最高の物の一つですよ。これを超えるのは、今世紀初めに作られたマハムッドの短剣だけでしょう。あれには豪華な花模様が、鮮やかな色彩のエナメルでかかれています。その職人技には目をみはるものがあり、製作者の署名があることで、さらに希少価値となっています。どうぞこちらへ。その署名をお見せしましょう」

いくつかの小部屋を通り抜けていく途中、マハムッドの短剣には興味がないと言おうかどうか、ベアトリスは迷っていた。こっちが知りたいことだけを教えてくれればいいのに。だが彼の機嫌をそこねては、元も子もない。彼が感動を分かち合いたいならと、はやる気持ちをおさえた。

十分後、彼女は計画の見直しを迫られた。この学芸員ミスター・ゴダードは、マハムッドの短剣はすごく貴重だ、タイガーの短剣はすばらしいなどと熱っぽく語り、この調子では閉館時間が来るまで、いや、一週間でも話し続けそうなのだ。

ベアトリスはとうとう、マケドニアの長槍サリッサの説明をさえぎった。

「ゴダードさん、あなたの知識は本当にすばらしいですわ。ですけど、一度に説明を受けても頭のなかでごちゃごちゃになりそうです。よろしければそろそろ、ジャイプールの短剣についてお聞かせ願いたいのですが」

「ああ、そうでした」彼はそう言ったものの、小鼻を不満そうにぴくぴくと動かした。「十八世紀にアマー地区の王のために作られた物です。ルビーや真珠、エメラルドで飾られた柄がすばらしい、豪華な品です」

いやだわ、それならもう聞いたわよ。「そうでしたわね。わたしが気になったのは、これは一対のうちの一つだと書かれていることなんです」

「そのことですか」ふたりはジャイプールの短剣の前に戻ってきた。「ジャイ・シング二世が王国を四十年間おさめた記念として作られたのです。彼は統治者としてだけでなく、科学者としてもすぐれた人物で、多くの功績を残しました。けれども残念ながら、後を継いだイーシュバリー・シングは——」

このままでは、インドの歴代国王の話を聞かされることになる。ベアトリスはあわててさえぎった。「ゴダードさん、できれば興味深いお話をずっとお聞きしていたいのですが、他にもたくさんの方が、あなたの豊富な知識に基づいた説明を聞きたいはずですわ。だからお願いです。あと一つだけ、簡単な質問をさせてくださ い」

ゴダード氏はうなずいたものの、ベアトリスが続ける前に、自分の膨大な知識を、来館者全員に均等に分け与える難しさを訴えた。「そのことは、わたしが背負わなければいけない十字架なのです」

「あなたは立派に、その重荷を受け止めていらっしゃいますわ。それで先ほども言いましたが、この短剣は対の一つであると。もう一つはどこにあるのかご存じですか?」

彼は自信たっぷりに答えた。「そうした情報は、ウォルター卿肉筆のノートや手紙に書かれています。我が大英博物館は、偉大なる寄贈者の原本を紛失するような無責任なことはけっしていたしませんよ」

「そうでしょうとも」ベアトリスはにこやかな笑顔で言った。「そんなこと一瞬たりとも疑ったりしませんわ。それでお願いなんですけど、その資料を見せていただけませんか。実はとても重要な案件にかかわっていまして、それがなくては次の段階に進めませんの」

「あなたにですか? とんでもない!」ゴダード氏はとつぜん声を荒らげた。

その礼儀知らずの態度に、ベアトリスは心の中で悪態をついた。いったいどういうこと? 長々と彼の話を聞いてやったのだから、じゅうぶんな見返りを得てもいいはずなのに。それでも気を取り直し、明るい声で応えた。

「来館者にすべてを見せられないのはわかっています。でもわたしがうさんくさい人間でないことはおわかりですよね。ねえゴダードさん、お約束しますわ。見せていただいたら、必ず有効に使わせていただきます」

彼は眉をひそめ、小鼻を広げる程度にしか表情を変えなかったが、嫌悪感は十分すぎるほど伝わってきた。「この場合、有効に活用するか無駄になるかは問題ではありません。資料を見られる閲覧室は、〝正当な〟利用者のためのものなんです」

「わたしは正当な利用者ですわ」ベアトリスは言い返した。

「何をばかなことを。あなたは女性ではありませんか」

ベアトリスの頬がカッと熱くなり、あざけるような笑いを浮かべる尊大な学芸員をにらみつけた。なんて下劣な男なの！　利用者の依頼を、性別を理由に却下するなんて。

「い、今すぐ上司を呼んでください。あなたの偏屈な考え方に苦情を申し立ててやります。それともう一つ、退屈な知識を延々と披露し、〝正当な利用者〟をうんざりさせていることにも」

ミスター・ゴダードは、顔を真っ赤にしてこぶしを握りしめた。するとそのとき、ベアトリスの背後で、聞き覚えのある声がした。

「ちょっと失礼。ゴダードくんといったかな。このお嬢さんはぼくの連れなんだが」

4

その滑らかな、だが小馬鹿にしたような声を聞いたとたん、ベアトリスはぞくぞくして身震いしそうになった。ゆっくり振り返ると、愉快そうな表情を浮かべ、ケスグレイブ公爵ダミアン・マトロックが立っている。一瞬とまどいはしたものの、公爵が彼女の居場所をつきとめたことにはおどろかなかった。彼の権力と能力をもってすれば、簡単なことだろう。ただ彼と再会できたことを喜びながらも、こうして彼女の領域に平然と入って来たことに対して、腹をたててもいた。別に口添えしてもらう必要などなかったのに。自分でなんとかできたのに。

ゴダード氏に聞こえないよう、彼女は小さい声で言った。

「いったい何をしにいらしたんですか」

公爵はすました顔でブロンドの巻き毛をかきあげ、困ったお嬢さんだとつぶやいたあと、ゴダード氏に声をかけた。「いいかい、ゴダードくん。きみが毎日、大英博物館の閲覧室に通す利用者を選別するという、大変重要な仕事を担っているのはよくわかっている。相当な数に及ぶだろうから、気苦労も多いだろう。だがね、ぼくたちも同様に、非常に重要な任務のために、こちらの資料を確認する必要があるんだ。つまりきみの言う〝正当な〟利用者なんだ。ぜひ許可をしてもらいたい」

ゴダード氏は、どう見ても高貴な人物である公爵の頼みに、飛び上がらんばかりに恐縮していた。

「もちろんでございます。ええっと、卿でいらっしゃる？」語尾を上げたのは、この飛び入りの男性の爵位を確かめたかったのだろう。

「いや、閣下だ」ケスグレイブが訂正した。

「ああ、失礼いたしました、閣下」最高位の爵位を聞いてにっこりと笑ったあと、ベアトリスにむっとしたような視線を向けた。付属品はいらないとでも言わんばかりだ。「それではおふたりともこちらへ。さっそく閲覧室へご案内いたします。必要な資料は、わたくしが至急そろえておもちいたしましょう」

「ご親切に。助かりますわ」ベアトリスは気取った笑みを浮かべ、ゴダード氏と並んで歩きながら、ウォルター卿について延々と話して聞かせた。

ジャマイカでの幼少時代から、火山の噴火で亡くなったエピソードまで――どれも展示室の説明から仕入れた知識なので、当然ゴダード氏もよく知っている話ばかりだ。だが実は、それが狙いだった。求めてもいない情報にさらされることがどれほどうっとうしいことか、思い知らせてやりたかったのだ。

ようやく書庫の脇の閲覧室に着くと、来客名簿に署名し、空いている席で待つようにと言われた。公爵の視線にうながされ、ベアトリスは窓際にある台座机を選び、緑の革張りの椅子に腰を下ろして部屋を見回した。閲覧者は他に四人で、全員が男性だが、彼女以上に〝正当な〟利用者かと言われれば、そうは見えなかった。

「ぼくがきみの居場所をどうやってつきとめたのか、訊かないんだね」公爵が隣の椅子に腰を下ろした。

「ええ」

「知りたくないのかい？」

大英博物館の回廊という極めて限定された場所に、しかもこれ以上ないタイミングで、どうして彼が現れたのか、知りたくないはずがない。だがあまのじゃくの彼女は、素直にうなずきたくなかった。「いいえ、別に」

そのきっぱりした口調に、公爵はにやりと笑った。

「そうか。それでも言わせてもらおうかな」

ベアトリスは内心おかしくてたまらなかったが、大げさにため息をついてみせた。

「しかたがありませんね。ご自分の能力をひけらかすチャンスがあれば、我慢のできないお方ですから」

彼女の失礼な態度は、彼をいっそう面白がらせた。

「ああ。生まれつきの性分だからね。まあ、そこまではっきり言われるとは思わなかったが」

「でもせっかくなら、ゴダードさんが戻るまでお待ちになったほうがよろしいのでは？　彼ならわたしよりも、もっと感心してくれそうですもの」

公爵はその質問を無視した。「ゴダードくんと言えば、きみはまだぼくに礼を言っていないね」

ベアトリスが小首をかしげると、公爵が続けた。

「ウォルター卿に関する資料を読みたかったんだろう？　ぼくがいなければ、きみは今もまだ、あの気の毒な男性をののしっていたんじゃないかな。さあ、ぜひ感謝の言葉を聞かせてくれたまえ」

ベアトリスは黙って彼を見つめながら、何とも言いようのない喜びがこみあげてくるのを感じた。侯爵家の暖炉のそばで、オトレー氏殺害の容疑者について議論を交わしていたときとは、全然状況がちがう。だがなぜかあのときと同じような〝仲間意識〟を、またも彼に感じていた。気持ちが通じ合えている、そんなふうに思えるのだ。

ばかね、そんなわけがないじゃないの。公爵には、友人たちと知的な会話を交わす機会がひんぱんにあるのだ。紳士クラブや賭博場、貴族院など、彼が刺激を受ける場所はいくらでもある。

そのときゴダード氏が現れ、紺色の紐でゆわえた紙の束をテーブルの中央に置いた。「お待たせいたしました。閣下のご要望どおり、ジャイプールの短剣に関するものはこれで全部でございます」

公爵が笑顔を見せると、ゴダード氏はますます卑屈な態度で付け加えた。「閣下、他にも必要なことがございましたら、何なりとお申しつけください。このわたくしがすぐにお手伝いさせていただきます」

「ありがとう、ゴダードくん。きみの献身的な行為は忘れないよ」

ゴダード氏は顔を輝かせ、美貌の公爵から、名残惜しそうに離れていった。

「公爵さまのお力は相変わらず絶大ですこと」

ベアトリスの言葉に、公爵はまたにやりと笑った。

「そうかな。きみにはもっとほめてもらいたいから、つぎは王子の冠でもかぶってこよう」

さすがのベアトリスも、今回はふきだしてしまった。そうだった。公爵は限りなく尊大でありながら、自分を平気で笑い飛ばすこともできるんだったわ。初めて会ったときは、あまりにも傲慢な言動に、洒落やユーモアとは縁のない人間だと思ったけれど。それに、侯爵家のハウスパーティで彼女がどんなに挑発しても、けっしてどなりつけることはなかった。

ベアトリスはとまどうと同時に、それは自分にとって厄介であるようにも感じた。

それから頭（かぶり）を振り、ゴダード氏が持ってきた書類に手を伸ばすと、公爵がふいに言った。「新聞だよ」

「なんですって?」書類を束ねた紐を解きながら、ベアトリスは顔を上げた。

「きみがここにいると、ぼくがつきとめた理由だ」公爵は得意そうに言った。「〈デイリー・ガゼット〉で、セオドア・デイヴィスという気の毒な若者の死亡広告を見てね。きみの仕業だと、すぐにわかったんだ」

ベアトリスはぽかんと口を開けた。あの何の変哲もないたった数行の記事を、どうして彼女が書いたとわかったのだろう。

公爵は頬をゆるめた。「きみの悲しい恋物語を、エミリーがゲストたち全員に聞かせたんだよ。だから誰があの広告を出したのか、見てすぐにわかったんだ」

エミリーがみんなに話したことはわかっている。だがデイヴィス氏の存在を誰もが信じたはずだし、今も信じているからこそ、面倒な問題になっているのだ。それなのに公爵は、デイヴィス氏が架空の人物に過ぎないと、なぜ見抜いたのだろう。その洞察力を称えるべきなのか、それとも侮辱されたと感じるべきなのか。

「実はあのとき、いくら調査のためとはいえ、あそこまでの話をでっちあげたのはすばらしいと伝えたかったんだ。特にエミリーは、デイヴィスくんのドラマチックな傷跡に夢中だったからね」公爵が続けた。「だがあのあといろいろあって、その機会がなかったんだ。きみと個人的に話ができないまま別れてしまったことを、とても残念に思っていた。だから今回、お悔やみを言うと同時に、敬意を表したいと思って会いにきたんだ。なかなかあそこまでできるものではないからね。ただね、彼をここまで残酷に扱う必要があったのかな。立派に役目を果たしてくれたのだから、残りの日々を、ロンドンのセント・ジャイルズで幸せに暮らしてもらっても良かったんじゃないか？」

「セント・ジャイルズではなく、チープサイドです」ベアトリスはわずかに顔を赤らめた。公爵の真意はわからない。だがたとえ他の女性と結ばれたとはいえ、架空の人物に過ぎないデイヴィス氏に復讐する必要があったのかと、非難されたように感じたからだ。

「ああ、そうだったかな。ということは弁護士を目指すのはやめて、商売をしているんだね」

ベアトリスはしかたなく説明した。「実は、デイヴィスさんの存在自体が困ったことになったのです。叔母が彼に会いたい、わたしのことをいろいろ聞き出したいと言いだして。つまりわたしの結婚相手を見つけるのに、彼が役に立つと思ったみたいなんです。だから彼の死亡広告を、叔父が毎朝読んでいる新聞に載せたら、あきらめてもらえるかと」

「ああ、そういうことか。ところが新聞社に行ったら、ファゼリーがきみの足元に倒れてきたと」

「はい。彼は何か言おうと口を開いたのですが、結局何も言わずに倒れてしまいました」

公爵は黙っていたが、やがて重々しく言った。「それは大変だったね。どんなに恐ろしかったことか。オトレーの件だけでも若い女性にとっては残酷な経験だったのに、またも同じような目にあうとは、何ともひどい話だ」

「ええ。でもわたしは、今回の事件を見なかったことにしたくないのです。二度もこんな目にあうのは何か理由がある、つまり自分はこうした運命なのではないかという気がして。だから短剣の持ち主を探そうと、こうして大英博物館まで来たのです」

公爵はうなずいた。「なるほど。実は広告を見たとき、きみが何を考えているのか、さすがのぼくも全然わからなくてね。それでデイヴィス氏の件でお悔やみを言おうと、きみの家を訪ねるところだったんだ。そうしたら、きみがメイドと一緒にこそこそ出てくるじゃないか。だから呼び止めて邪魔をするよりはと、きみの跡をつけたんだ」

ベアトリスは目を丸くした。彼は単なる遊び心で、ここまで追いかけてきたのか。

「あのですね、公爵さま」ベアトリスは苦笑いを浮かべた。「わたしの跡をつけるなんてことより、もっと他にやるべきことがおありなんじゃないですか」

公爵も同じことを考えたのだろう、はにかんだような笑みを浮かべた。

「いや、実際そうなんだが」

彼があっさり認めたことにおどろいたベアトリスは、これ以上からかうのをやめ、資料に視線を戻した。

「わたしとゴダードさんの話をどこまで聞いていらしたかはわかりませんが、この短剣は、インドのジャイプールで同じ物が二つ作られ、片割れがどこかにあるはずなんです。そしてそれが、ファゼリー卿を殺すのに使われた。すぐ近くで見たわけではありませんが、特徴的なデザインは見間違いようがありません。つまりその所有者の名前がわかれば、殺人犯がわかるわけです。どうでしょう、公爵さまのお考えをお聞かせください」ベアトリスはそう言ったあとですぐに、自分の思いこみを恥じて赤くなった。

ふたりは今侯爵家にいて、オトレー氏の事件を調査しているのではない。相棒でもなんでもないのに。「すみません、つい。事件に関心もないのに、ここでわたしと一緒に資料を調べる必要はありません。もちろん、公爵さまのおかげでこうして入れたのですから、たいへん感謝しております。ですが、どうぞお気遣いなさらずに。付き添いのメイドも連れてきていますから」

公爵はベアトリスをじっと見つめたあと、口元に笑みを浮かべた。

「悪いが、ぼくを追いはらおうとしても無駄だよ。きみは自分ひとりでファゼリーの事件を調査するつもりなんだろう。だがこの事件は前回のとはちがい、一般に報道もされ、警察も乗りだしている。つまり〝きみの事件〟ではない。そもそもぼくが知ったのは、新聞の記事を読んだからで、きみに首を突っこむなと言われる筋合いはないんだ」

ベアトリスは黙って聞いていたが、内心ではうれしくてたまらなかった。やはり公爵は彼女と同じく、新たな事件の調査に〝首をつっこみ〟たいのだ。もしかして、

〝きみとぼくの事件〟にしたいとか？　いや、そこまで考えるのはうぬぼれもいいところだろう。だったら、彼女への対抗心からだろうか。ただここはロンドンで、湖水地方とはちがい、彼は執務に社交にと忙しいはずだ。それくらいの動機で、こんな閉ざされた閲覧室に腰を据え、退屈な資料を調べることに耐えられるものだろうか。それも、たいした収穫があるとは限らないのに。

けれども時間が経つにつれ、ベアトリスは自分の間違いを認めざるを得なかった。公爵は文句を言うどころか、真剣な眼差しで黙々と資料に目を通している。富にも地位にも恵まれた紳士なら、ありとあらゆる娯楽を楽しむことができるのに。それなのにどうして、古物商とウォルター卿がやりとりした手紙を読むことに、心地よい午後の時間を費やすのだろう。

もちろん、いくつか面白い話もあることはあった。たとえば、古代エジプトの王の墓で見つかった短剣が、実は考古学者の現地ガイドの物であったというような。だが手紙の大部分は、コレクションを集めるために要した長い道のりを示しているだけだった。読みながらベアトリスは、ウォルター卿が本当に愛していたのは、美術品を所有することではなく、手に入れるまでの苦労なのではないかと感じた。

一時間近く経っただろうか。似たような手紙ばかりを読んでうんざりしたベアトリスは、公爵の様子をうかがい、思わず声を上げそうになった。真っ青な瞳をきらきらと輝かせ、夢中で読んでいるのだ。そうだそうだ。何もおどろくことではない。だって彼はディナーの最中、「ナイルの海戦」で戦った戦艦の名前を、参戦した順に挙げていった人じゃないの。他の人には瑣末(さまつ)にも思える細かいことにこだわり、難解なことを熱っぽく語るのが好きな人じゃないの。

ディナーの席で、ウォルター卿が儀式用の短剣を手に入れた苦労話を、長々と話す公爵の姿が目に浮かぶようだった。おそらくゲストたちは、楽しそうにうなずきながら、彼の話を聞くだろう。誰もが参加できる話題——コベントガーデンでのジョセフ・グリマルディ（当時最も人気のある俳優）の演技についてなど——に変えようとして、口をはさむ者などいるわけがない。だがみんな内心では、公爵の得意満面な顔に、カキのホワイトソースがけを投げつけたいと思っているはずだ。それでも礼儀正しくほほ笑んでいるのは、彼が公爵だからなのだ。それなのに彼は、自分の優秀な頭脳にみんながまいっていると勘ちがいをしている。

ベアトリスはハッとした。やっぱり公爵が今回の事件の謎解きに参戦してきたのは、自分の名誉を挽回したいからなのでは？　生まれてこのかた、あらゆることに負けなしできたのに、前回の事件の解決だけは、ベアトリスに先を越されてしまった。だからそんな自分が情けなくて、今回こそはと思っているのでは？

　彼があれほど侯爵家で彼女を避けていたのも無理はない。犯人がわかったと彼女が告げたとたん、彼女とふたりきりで話す機会を持たなくなり、最後の朝には、侯爵の書斎にこもってしまった。彼女のほうは、犯人の正体をみんなの前で明かす前に、彼に相談したかったのに。だからとても不安で、とまどいもした。だが今となっては、それも腑に落ちる。彼女に出し抜かれたことで、彼の自尊心は深く傷ついたのだろう。

　そして今朝〈デイリー・ガゼット〉を読み、ファゼリー卿の死を目撃したベアトリスから、情報を聞きだそうと考えたのだ。ベアトリス自身、この事件にわくわくしたのだから、彼が同様に感じてもうとましくは思わなかった。だがハイドクレア家を訪問し、ヴェラ叔母さんを巻き添えにしようとしたのは残酷だと思った。予告のない訪問のせいで、叔母さんにとってはどれほど耐え難い時間になるところだったろう。公爵閣下を質素な居間に招き入れ、前日の固くなったティーケーキを勧めるしかなかったはずだから。しかも姪っ子が身分違いの男の死を嘆いていると知られたら、それこそ一家の恥だと思うにちがいない。

ベアトリスは、叔母さんがあたふたする様子を思い浮かべ、つい笑ってしまった。それを見て、公爵が尋ねた。「何か見つけたのかい?」

ベアトリスはその声で、空想の世界から戻ってきた。「なんですって?」

「いや、短剣の在りかが書かれている手紙でも見つけたのかなと。ぼくを見てうれしそうに笑っていたから」

ベアトリスは狼狽を隠し、鮮やかなブルーの瞳を受け止めた。

「いいえ。ただちょっと、こうした手紙に書かれたこまごまとした情報は、いかにも公爵さまがお好きそうだなと」

彼はからかわれていると知りながら、誠実に答えた。

「ああ。ウォルター卿ほどではないにせよ、ぼくも収集家だからね。不当にも思える安値を提示しながら、彼が売主に嫌われない能力に感心したよ。ぼくにはできない芸当だ。ぼくはいつも最初から適正な価格を提示するから、すぐに売ってもらえる。仲介人にはあきれられるがね」

「公爵さまがウォルター卿をほめていたと知ったら、ゴダードさんも喜ぶでしょう。彼が戻ったら言ってあげてください」

「なんだい。ぼくが売買の交渉で、優位に立てない弱気な人間だと教えるのか？」彼はおおげさに震えて見せた。「そんなことをしたら、ぼくが〝正当な〟利用者ではないと思われてしまうじゃないか」

「でもあなたは、公爵閣下ではありませんか」それですべてが説明される。

「ああ、そうだったね」

ベアトリスはそれ以上何も言わず、ふたたび資料に目を落とした。古物商のボナム氏からの手紙、短剣の状態についての報告書、インドからの輸送費の請求書、短剣の受け取りを知らせるメモ。

これではきりがないとベアトリスが思い始めたとき、公爵が声を上げた。

「なるほど、レディ・アバクロンビーか」

「レディ・アバクロンビー？」ベアトリスが尋ねた。

「ウォルター卿はこの双子の短剣のうち、一本を自分の手元に残し、もう一本はレディ・アバクロンビーに贈ったというメモがある」

ベアトリスはその名前を聞いて、夫がインドで戦死した後、つぎからつぎと恋人を作っている漆黒の髪の美女を思い浮かべた。歳は五十近くで、ベアトリスの記憶が正しければ、ラッセルとあまり変わらない歳の息子がいるはずだ。

求愛の贈り物として、短剣は珍しいような気もしたが、美しい宝石がたくさん埋めこまれていたことを思い出した。収集家垂涎の珍しい物であれば、どこにでもあるようなダイヤのブレスレットよりも価値がある。

「あのおふたりはおつきあいしていたんですか？　そういう話は聞いたことがないですけど。まあ、ゴシップにうといことにかけてはわたしの右に出る人はいませんが。そういうのって、名前しか知らない人の話では面白くないですもの」

「たぶん、ごく短い間だったと思う」公爵は考えこみながら言った。「ティリーは誰とも長続きしないんだ」

「ティリー？」ベアトリスは思わずきつい口調で尋ねた。「お知り合いなんですか？」

「ああ、そうだよ」公爵はあっさり答えたが、ベアトリスはどうしてだか胸がざわついた。「彼女は誰とでも知り合いなんだ。社交的でどんなパーティにも顔を出すし、とても朗らかで感じがいい。だからみんな彼女が好きなんだ。きっときみも好きになるだろう」

「わたしが？」公爵が書類をそろえ始めると、ベアトリスは小さくつぶやいた。いったいわたしが、いつどんな場所で有名な未亡人に会えるというのだろう。

「絶対とは言い切れないが、ティリーがファゼリーを刺したとはまず考えられないな」彼は書類を大きいものから順に重ねた。「となると、彼女が犯人に短剣を渡した可能性が高い」

「ですが、ファゼリー卿が書いたという本に、レディ・アバクロンビーが出てくるならどうでしょう」ベアトリスは指摘した。「先ほどおっしゃったように移り気な方でしたら、いくらでも秘密にしたいエピソードがあるのでは？」

公爵は首を横に振った。「ティリーがかい？　いや、彼女は大胆というか図太いというか、ふつうなら隠したいようなことでも秘密にしようとは思わない。誰に知られても気にしないんだ」

公爵がレディ・アバクロンビーの名前を言うたびに、ベアトリスは叫びだしたいような衝動に駆られた。それに、つぎからつぎと愛人を作っている悪名高い女性なら、世間に知られたくない秘密を絶対に持っているはずだ。けれども、口には出さなかった。公爵が彼女を気に入っているのは間違いないからだ。公爵もやっぱり、彼女の恋の相手のひとりだったのだろうか。

ベアトリスが応えなかったので、公爵は続けた。「それにファゼリーが回顧録を書いたと吹聴していたのは、自分を誇示するためだったのではないかな。彼はまともな文章が書けるような男じゃない。ましてや一冊の本なんて」

「でも実際に書いたと信じる人もいたでしょうし、そのうちの誰かが不安になり、行動に出たのかもしれません。そのひとりが、レディ・アバクロンビーという可能性もあります」

公爵はうなずきつつも、ふたたび断言した。

「それでもやはり、彼女は無関係だと思うがね。だが自分たちで確認をするに越したことはない。ティリーに話を聞きに行こう」

彼がまたも彼女の名前を愛おしそうに言うのを聞いて、ベアトリスは唇をかんだ。おかしいわ。彼が誰とつきあおうが関係ないことなのに。自分のそばかすがチャーミングだと信じていた、最初のシーズンでさえ、ケスグレイブ公爵ほど高貴な男性には目を向けなかった。せいぜい男爵か、裕福な地主の息子あたりまでで。

ただヴェラ叔母さんは、その控えめな目標でさえも高すぎると心配し、生まれながらに将来性のない次男坊か三男坊でいいと考えていた。

そして今、すでに二十六歳だというのに、相変わらず彼女は嫁のもらい手が見つからないままだった。楽観的だった日々はとうに過ぎ去って、厳しい現実の前に、その意欲をすっかり失くしていた。運命が彼女に与えたそうした人生に対して、一度も抗議の声を上げたことはない。そんなとき、公爵がティリーという名前を愛おしそうに言うのを聞いて、突然叫びだしたい衝動に駆られた。

もちろん、そんなことができるわけがない。だからその代わり、架空の恋人テディの死を嘆く、想像の世界に逃げこむことにした。

テディ。テディ。わたしの愛するテディ。ああ彼がもし、疾走する郵便馬車の前に飛び出さなければ。あるいは、マトンの骨をきちんとかみ砕いてから飲みこんでいたら。はたまた、帽子を拾おうとして池に飛びこむ前に、泳ぎ方をきちんと習得していたら……。

その瞬間、ハイドパークの池で、美青年が手足をばたばたさせる姿が目に浮かんで、ベアトリスはゆううつな気分から一気に解放された。と同時に、公爵が最後に言った言葉を思い出した。レディ・アバクロンビーに話を聞きに行こう、自分たちで確認を――。

待って。自分たちで？

「あの、自分たちでって……。わたしも一緒にですか？」

「ああ。きみだってあの短剣の行方を知りたいだろう？」

「ええ、もちろんです。でも今すぐには。思ってもみなかったことですし……」

ベアトリスは言葉を濁した。

「そうか。デイヴィス氏の喪に服しているのかな？」公爵がにやりと笑った。

いいえ、とまどっているのだと、ベアトリスは言いたかった。社交界の華と言われる女性のもとへ一緒に行き、事件に関する情報を手に入れようと誘われたのだから。どちらが先に殺人犯を見つけられるかわたしと競争しているなら、公爵はひとりで会いにいくはず。せっかく自分の友人が鍵を握っているとわかった、つまり有利な立場にいるのだから。

何もわたしを一緒に連れていかなくたって……。ああ、そうか。ベアトリスはハッとした。彼はもしかしたら、彼女のように目の肥えた観客を求めているのかもしれない。大向こうあっての公爵であり、人知れず輝いたとしても、それはまったく輝かないのと同じことだ。だからファゼリー卿を殺した犯人を見つけることで、自分がすぐれていると見せつけたいのかもしれない。うーん。だけど彼は、行き遅れの女を負かして喜ぶほど、ケチな男だろうか……。

ベアトリスは何度か頭をふって、堂々巡りから抜け出した。今は公爵の思惑などあれこれ考えず、自分に素直になればいい。凶器の持ち主を訪ねに行こうと誘われて、断る理由があるだろうか。そうだ。自分の気持ちに嘘をつくのはやめよう。わたしは殺人犯の正体を突き止めるという難題を、心から楽しんでいる。何でもいい、目的(ミッション)があるというのはわくわくすることだ。しかもそれは、世のため人のためになることで、叔母さんのために裁縫バサミをとってくるのとは次元がちがうのだから。

ベアトリスは長い沈黙のあと、口を開いた。「そうなんです。表だってデイヴィスさんの喪に服すことはできませんが、自分の部屋にひきこもり、ぐっしょり枕をぬらしているのです。ただ今回はせっかくのお誘いですから、ぜひ同行させていただきます」

「それは良かった。だがその悲しみは、いつになったらおさまるのかな？」ふたりが席から立ち上がると、彼は尋ねた。それから書類の束を手に取り、書庫の前の机に座っている職員のところへ持っていった。

「人の気分は変わりやすいので何とも言えませんが、もしかしたら、レランドの舞踏会の二、三時間前には涙がおさまるかもしれません」

公爵は唇をひねったあと、首を振った。「きみの叔母上にお会いした経験から、明日の朝までには泣くのをやめたほうがいいと思う。そうしないと彼女は、そんなに悲しいなら舞踏会には参加しないほうがいいと言い張るんじゃないかな」

「ええ。でもそれより心配なのは、今日わたしが大英博物館に行ったと知られることです。叔母さまはどんなに震えあがるかしら」

「だったら、レディ・アバクロンビーに会いに行ったことをどう説明するつもりなんだい？」公爵は楽しそうに尋ねた。

たしかにいい質問だった。出かけるときは必ずメイドの付き添いが必要だなんて、本当に厄介だこと。もしひとりだったら、今日一日をどのように過ごしたか、叔母さんに知られることもないのに。もちろん、レディ・アバクロンビーの家に行ったことを言わないようにアニーに頼むこともできるけど。ただ秘密の情報であればあるほど、誰かに打ち明けたくなるものだし。でもそれも案外悪くないかも、とベアトリスは思った。

「そうですね。ばれてしまったらしかたありません。オトレーさんの血まみれの死体を見たことで、精神が不安定になっていることをさらに証明するだけですもの。わたしがあれ以来すごく変わってしまったことは、叔母もよくわかっていますから」

「そんなに変わったのかい？」

ベアトリスはうなずいたが、それが彼と関係していることは明かさなかった。

博物館を出ると、公爵の御者ジェンキンスが待っており、豪華な四輪馬車に乗って、レディ・アバクロンビーの邸宅に向かった。もちろんアニーも一緒ではあったが、ベアトリスにとって、身内ではない紳士と狭い馬車に乗って過ごすのは、ほぼ初めてのことだ。以前だったら、拷問としか思えなかっただろう。けれども、公爵の巧みなリードのおかげか、最も苦手としている〝他愛もないおしゃべり〟が思いのほか盛り上がって、目的地に着くのが残念だと思うほどだった。ただ傍（はた）から見れば、〝他愛もない〟と言えるかどうかはわからなかった。なにしろ、いきなり刺されておどろいた様子を表す際に、即死に近い場合でも、「茫然自失」という言葉を使えるのか、などという話題だったのだから。

5

ライオンの仔をペットに？　そんな女性にはこれまで会ったことはないが、もしいたとしたら、レディ・アバクロンビーと同じように不愉快な女だろうと、ベアトリスは思った。

「ほらどうぞ、ちっとも怖がることはありませんよ」レディ・アバクロンビーはそう言いながら、真っ赤な唇の口角を上げて笑みを浮かべた。「とってもかわいい子なの。抱っこされると喜ぶから。ほらほら」

ベアトリスは、もじゃもじゃした金色の毛の固まりを見つめた。ハイドクレア家の田舎のキッチンに潜んでいるネズミと同じくらいの大きさだ。たしかに、ふわふわの耳と大きな前足がとても愛らしい。だがこの可愛らしい生き物を抱きしめたいと思ういっぽうで、恐ろしくもあった。獰猛な動物の代表ともいえるライオンが、個人の邸宅の優雅な居間で放し飼いになっているなんて。ただそれ以前に、この中国ふうの居間に通された瞬間から、ロイヤル・パビリオン（中国風の内装を持つ離宮）にも負けないほどの華やかさに圧倒されていた。蓮（はす）の形のシャンデリア、天井に巻きつく金色の蛇、竹の天蓋。壁紙には龍やイルカ、南国の鳥や花が実物そっくりに描かれている。まさに色とりどりの珍品にあふれていて、どこを見たらいいのかわからないほどだ。

いや、そんなことはない。何よりも豪華な輝きを放っているのは、部屋の真ん中でライオンの仔を抱いている女性だった。噂に聞いていたとおり、レディ・アバクロンビーは実に美しい女性だった。物憂げな瞳、可愛らしい小ぶりの鼻、ハート形の顔にぽってりした唇。高く結い上げたつややかな黒髪は、計算されたように幾筋か額に落ちている。ドレスもすばらしい。多色使いだがエレガントで、露出度が高いのにとても上品なのだ。

数分前にこの部屋に現れた彼女は、くだけたドレスであることを謝った。公爵に少しでも早く会いたくて、来客用のドレスに着替えることもしないで来てしまったという。

彼女は自分の子どもっぽさを恥じるようにほほ笑んだが、ベアトリスは不愉快でたまらなかった。レディ・アバクロンビーはすでに完璧な魅力をふりまいている。だが今の言葉によって、正式なドレスをまとったらもっと魅力的なのだ、美しいユリに金箔を施すのと同じように、とほのめかしているのだ。

それになぜ、野生の生き物を自分の豊かな胸に抱いて見せびらかすのだろう。このライオンの仔は、たまたま間違えた場所にいるだけで、こんな残酷な扱いを受ける理由は何もない。アフリカの平原で生まれたのなら、見世物にされることもなかったはずだ。

だがレディ・アバクロンビーは、そんなふうに思われているとも知らず、ベアトリスに抱かせたライオンの仔が小さくあくびをしたのを見て、満足そうにほほ笑んだ。

「ねえ、見たでしょう？　ヘンリーは子羊と同じよ。とってもおとなしくていい子なの。公園に散歩に連れて行っても、目の前の鳩さえ追いかけないんだから」

ベアトリスはもちろん、このライオンの仔が穏やかで可愛らしいこと、また彼を抱っこすることがめったに体験できないすばらしいことだとはわかっていた。だが彼女のそんな束の間の喜びよりも、このライオンの仔が幸せであるほうが大切ではないか。それにやがて体重が百キロを超え、爪が伸び、立派な歯で骨から肉を引き裂く方法を学んだらどうなるのだろう。部屋の隅に置いた檻に閉じこめられるのだろうか。それともロンドン塔の王立動物園に引き取られるのだろうか。ベアトリスは、どちらにしても切ないように感じた。

「おやおや、亡くなったご主人の名前をつけたのですか？」公爵が愉快そうに尋ねた。

自分のペットがベアトリスを気に入ったことに満足したのか、レディ・アバクロンビーは赤いシルクの肘掛け椅子にゆったりと腰を下ろした。「どんなペットにも亡くなった主人の名前をつけているの。やさしくたしなめたり、しかたないわねえとため息をついたり、主人にもよくそんなふうにしていたからぴったりなのよ。いやだわ、ヘンリーは天国で気にしているかしら」

公爵はにっこり笑って言った。「あなたのすることなら、ご主人はどんなことでも許してくれるでしょう」

ベアトリスは公爵の調子のよい返事にうんざりしたが、女主人はいかにもうれしそうに笑うと、夫の大切な嗅ぎたばこ入れにワインを注いでしまったという失敗談を披露した。すると公爵が楽しそうに笑ったので、彼女はすっかり気をよくして、さらに同じようなエピソードをいくつか話しはじめた。どの話も自分の不器用さを笑うようでいて、結局は、いかに可愛らしい女性であるかをアピールしている。それでもやがて、ファゼリー卿の事件に話題が移った。

「わたしね、最初に事件を知ったとき、ファゼリー卿が仕組んだお芝居だと思いましたの。ご存じのように、あの方は注目の的となることがお好きでしたから」

ベアトリスは小さくうなずいたが、ごてごてと飾り立てた部屋の真ん中に座り、ライオンの仔をペットにしている女性から言われると、強烈な違和感を覚えた。

ふたりは関係があったようだし、類は友を呼ぶというのが当たっているような。

「実を言うと、今でもまだそんな気がするのよ。ただ実行したときに、何かひどい手ちがいがあったんじゃないかって」レディ・アバクロンビーが続けた。

公爵は軽くうなずいてから、からかうような調子で言った。「相変わらず厳しいですね。彼はあなたにぞっこんだったと思いますが」そのあとで、まもなく開かれるレランド家の舞踏会の話題に移った。

ベアトリスは公爵と美しい未亡人のやりとりを見ながら、おどろきを隠せなかった。公爵がこれほどまでに、相手を楽しませようとするなんて。ここにくる途中、公爵とさまざまな話題で盛り上がったときは、親近感すら覚えていた。だが今、歯の浮くようなお世辞を平気で口にする彼を見ているうち、彼はやはり自分とは別世界の、この〝見せかけ〟だらけの居間にふさわしい人間なのだと悲しくなった。

何を今さら、とも思った。これまで社交界で出会った紳士たち――ベアトリスの魅力を、いや、存在すら気づかなかった紳士たちと同じというだけのことだ。今ショックを受けているのは、公爵だけはちがうと思いこんでいたせいだろう。恋愛対象ではないにしても、少しは彼女を評価し、ときには〝相棒〟として考えてくれていると。

公爵とレディ・アバクロンビーの会話を聞きながら、ベアトリスは何度もごくりとつばをのみこんだ。ジャイプールの短剣について聞きに来たのだと、口をはさみたかったのだ。けれども、結局はできなかった。恐れていたのは、邪魔に入った彼女をふたりが不愉快そうににらみつけることではなく、彼女にまったく気づかないことだった。昼寝をしているライオンの仔を膝に乗せたベアトリスは、もはや透明人間のような存在なのだ。これまでに出席した、すべての舞踏会でそうだったように。

だがふと顔を上げると、ふたりが期待に満ちた表情で彼女を見つめていた。まずい。何か大事なことを聞き逃したのだろうか。

「あの短剣のことを、ティリーに話していたんだ」公爵が説明した。

思いがけない言葉におどろいたベアトリスは、あわてて言った。

「ええっと、あの短剣？」

反射的にそう言った瞬間、後悔した。公爵が眉をひそめていたからだ。

だが公爵はすぐに、すました顔で続けた。「ほら、きみが叔父上の誕生日に贈りたいと言っていた短剣だよ。大英博物館にある物と双子の。彼はずっと前からあれに夢中だったんだろう？　だからその話を聞いて、ぼくが援助を申し出たこともね。ぼくの父ときみの父上はとても親しかったから」

え？　ここに来る馬車の中で、そんな話は聞いていないのに。いくらアニーがそばに座っていたとはいえ、どこかでこの計画を話しておいてほしかったわ。

いけない。また少し沈黙が長くなってしまった。

「あ、はい。これまで長いことお世話になった叔父にぜひ贈りたいと思いまして。でもどうやってその短剣を探したらいいのか見当もつきませんし、もちろん財力もありません。それを公爵さまがお力を貸してくださるということで、びっくりしております」

レディ・アバクロンビーはにこやかにうなずいた。

「あなたはたしか、ハイドクレア家の方でしたわよね？」

「はい、亡き父がハイドクレア家の長男でした」ベアトリスは不自然なほど強調して言った。居候の身ではあるが、怪しい血筋ではないと伝えたかった。

レディ・アバクロンビーは、しばらく考えこむような顔をしてから言った。

「あなたのお父さまはリチャードで、お母さまはクララよね」

ベアトリスは目を丸くした。まさかこの家を訪れて、亡くなった両親を知る人物に会えるとは思わなかったからだ。「はい、そうです」

レディ・アバクロンビーはため息をついた。

「おふたりが亡くなられた時のこと、よく覚えているわ。あまりにも悲劇的な事故でしたから、それはもうショックで。あなたのお父さまは、ヨットの操縦がとてもお上手でしたのに」

ベアトリスは、父親のヨットの腕前についてはこれまで聞いたことがなく、思わず椅子から身をのりだした。そのせいで、膝の上で眠っているライオンの仔が薄目を開けたが、前足を鼻にこすりつけると、またすぐに眠りに落ちた。

「まあ、そうなんですか？」

「そうよ。彼ほど上手な人はいなかったんじゃないかしら。わたしだけでなく、誰に聞いてもそう言うはずよ」

もっと父の話を聞きたい。ベアトリスが瞳を輝かせたとき、公爵が少しいらだったように言った。「そんなことより、短剣の話を」

なによ。自分だって、二年前の週末に行ったフェンウィッチ伯爵のパーティの話を長々としていたくせに。だがすぐに、レディ・アバクロンビーが言った。

「実はあなたがどの短剣のことを言っているのか、よくわからないのだけど」

ベアトリスは唖然とした。ごまかそうとしているのかしら。

「ウォルター卿から、いったいどれだけ短剣をプレゼントされたのですか？」

レディ・アバクロンビーはウィンクした。「すごくたくさんよ」

「ティリー」公爵が半ば叱るように言った。

「まあダミアンたら、怖い顔して。だって本当のことだもの」彼女の瞳は楽しそうに輝いている。「わたしが振り向くたびに、ウォルター卿は新しい短剣を差し出してきたのよ。あの人にとっては花束のようなものだった。彼がオペラに遅刻したら、謝罪の印にと、宝石をちりばめた短剣をくれたわ。一緒に外出してすごく楽しかったと思えば、やっぱり宝石をはめ込んだ短剣をプレゼントされたし。感謝の印だと言って」

〝すごく楽しい外出〟の意味は、さすがにベアトリスでも理解できたが、気づかないふりをして言った。「探しているのは、ヒスイの柄に馬の姿が彫られた短剣なんです」

「ああ、ヘンリーのことね」

「恋人からの贈り物にも、亡くなったご主人の名前をつけるのですか？　それとも、動物の形をしたものにだけですか？」公爵がまたからかうように尋ねた。

するとレディ・アバクロンビーは、恥ずかしそうに目を伏せて言った。

「それはね、三十センチの長さがあるものだけによ」

そうした表情を鏡に向かって練習している彼女の姿が、ベアトリスの目に浮かんだ。コケティッシュな女性を演出するための理想的な角度になるまで、何度も練習したにちがいない。それを手練手管というのかもしれないが、くだらないにもほどがある。もちろん社交界では、〝計算ずく〟で動くことがあらゆる場面で必要なのは知っている。のし上がろうとする女性たちは、紳士の心を動かすため、思わせぶりな態度や言葉を習得したり、侮辱されても素知らぬ顔でふるまう術を学ばなければいけないのだ。

言うまでもないことだが、ベアトリスはこうした技術を何一つ身に付けていなかった。そもそも人前でまともに口がきけないのだから、こずるく立ち回るなんてとんでもない。レディ・アバクロンビーやスケフィントン侯爵夫人、オトレー夫人など、社交界の女性たちを知れば知るほど、自分がどれほど浮世離れしているかを思い知らされた。

「そのヘンリーは、今どこにあるのですか？」公爵が尋ねたが、レディ・アバクロンビーは首を振った。

「申し訳ないけど、事情があって教えられないの。結局はそのうちわかることかもしれないけど」

ベアトリスはこれ以上は無理だと思ったが、公爵はあきらめなかった。亡き父親の親友が遺した娘を助けたい、自分のその熱い思いをわかってくれないのかと、切々と訴えたのだ。熱い想いですって？　ベアトリスはこっそり舌を出した。ほんの少し前に思いついたばかりじゃないの。

公爵はまた、レディ・アバクロンビーの美貌や気の利いたウィットをたたえ、さらに彼自身をふくめ、いかにたくさんの男たちが彼女の関心を引くために必死になっているかを訴えた。すると最後の言葉に、レディ・アバクロンビーは心から楽しそうに笑った。

「まあ、うれしい。なんだか無理していらっしゃるみたいだけど」

そしてそろそろこうしたゲームに飽きたのか、それとも公爵のほうが先に匙を投げてしまうことを心配したのか、あの短剣がどこにあるのかをとうとう白状した。

「ダンカン卿にプレゼントしたのよ」

「ダンカン卿にですか？」公爵はおどろいて繰り返した。

彼がショックを受けているのがおもしろかったのか、レディ・アバクロンビーは楽しそうに言った。

「彼は息子の友人なの。末っ子のジョージはご存じでしょう？　あの子がクリスマス休暇にダンカン卿を招待して、みんなで一緒に過ごしたのよ。わたしも彼のおかげでとても楽しかったから、そのお礼にあの短剣をね」

どういう意味で〝とても楽しかった〟のかは、ベアトリスでさえ理解できた。おそらくレディ・アバクロンビーは、公爵の反応を見たくてわざと言ったのだろう。

ただ少し前の彼女の言葉が気になって、思わず口をはさんだ。「あの、〝結局そのうちわかる〟とおっしゃったのはなぜですか」

レディ・アバクロンビーは、公爵を挑発するように見つめていたので、ベアトリスの言葉の意味がすぐにはわからなかった。

「なんですって？」

「先ほど短剣の在りかをお尋ねしたとき、〝そのうちわかる〟とおっしゃったのは、おふたりは正式な婚約発表の準備をしているということですか？　つまりダンカン卿とは、結婚を前提としたおつきあいということでしょうか」

レディ・アバクロンビーが眉をひそめたまま黙っているので、ベアトリスは続けた。

「でも結婚するおつもりなら、まだ成年に達していないダンカン卿はご両親の許可がいるはずです。そうなると、後継ぎの息子が出産適齢期を過ぎた女性と結婚することを許すでしょうか。だからもう一度お尋ねします。なぜ先ほど、〝そのうちわかる〟とおっしゃったのですか？」

レディ・アバクロンビーは、恨めしそうな顔で公爵に視線を送った。自分の美しい居間の静寂が乱された責任は、彼にあるとでも言わんばかりだ。

「まあ、おどろいたわ。ひどく子どもじみた発言ですこと。公爵さま、そろそろお帰りになるお時間ではありませんか？」

彼女は立ち上がり、公爵もやむなく立ち上がったが、ベアトリスは椅子に座ったままだった。

「大変失礼いたしました、ご無礼をお許しください。わたしが言いたかったのはこういうことです。あなたには、ダンカン卿とのおつきあいを公表するつもりはなかった。それなのに、〝そのうちわかる〟とおっしゃったのは、他の誰かが話してしまうということではないかと。たとえばダンカン卿自身とか」少し間をおいてから続けた。「ふつうならおかしくないはずです。年上で経験豊富な女性との関係は、仲間内での評判を上げるからです。ですが、友人であるジョージさんのことを思えば、やはりおおっぴらにしゃべることはないでしょう。となると、おふたり以外の誰かがそれを知っていて、何らかの形、たとえば本に書いて暴露するつもりだったのではありませんか」ベアトリスは一気に続けた。「おふたりの関係を知ったファゼリー卿が、その詳細を自分の回顧録に書くつもりだったのではありませんか？」

レディ・アバクロンビーが唇を震わせているのに気づき、ベアトリスは真っ青になった。ああ、やってしまった。もうだめだわ。ハイドクレア家から追い出されるどころではない。ロンドンから、いやそれどころか、イギリスから追放されてしまうかもしれない。おそるおそる公爵を見ると、案の定苦い顔をしている。どうしよう。公爵の顔にも泥を塗ってしまった……。

だがそのとき、朗らかな笑い声が美しい居間に響きわたった。レディ・アバクロンビーがお腹を抱えて笑っている。

「まあまあ、よくもそんなにいろいろと思いつくこと。出産適齢期の話にはすこしむっとしたけれど、たしかに本当のことですものね。それ以外の話は、特にわたしとの関係が若い紳士にとって勲章になるというのは気に入ったわ。あなたは本当に楽しい子ね」それからホッとした様子の公爵にウィンクした。「このお嬢さんをおしゃれなレディにするために、できるだけのことをしてあげたいわ。そうね、わたしの今年のシーズンのテーマはそれに決めたわ。まずはレディ・ジャージーにあなたを紹介し、アルマックのチケットを手に入れて、それから一緒に買い物に行きましょう。あなたが今着ている野暮ったいドレスでは、さすがに悲しいもの。そういえば、叔父さまの家に居候しているのよね。それじゃあしかたがないわ。ヴェラ・ハイドクレアはまったくセンスがないもの。いいわ、わたしにまかせて。きっとすてきなレディにしてあげるわ」

けれども、ベアトリスはだまされなかった。レディ・アバクロンビーという女性は、そのときどきに合わせてさまざまに姿を変え、上手に世渡りをしてきたのだ。彼女は今、取引をもちかけているのだろう。ダンカン卿との密会の話は忘れなさい。そうすれば、社交界での成功をかなえてあげるわよ、スポンサーになって人気者にしてあげるわよと。

このドレスでじゅうぶん満足している、人気者になどならなくていいとベアトリスがきっぱり断る前に、公爵が言った。

「ティリー、ファゼリーはたしかダンカンの名付け親でしたよね」

するとレディ・アバクロンビーは深いため息をつき、腰を下ろした。

「しかたがありませんね。いいわ、全部お話しするわ。このお嬢さんが見抜いたとおり、ダンカンはファゼリー卿にわたしたちの関係を話してしまい、卿はそのことを回顧録に載せる、それ相応の金額を出せば考えてやるとおどしてきたのです。でもそんなおどしには負けたくなかったから、彼の要求をつっぱねたの。もちろんスキャンダルにはなるでしょう。父親似のジョージはひどい裏切りだと怒るだろうし、娘たちは恥ずかしいと言って嘆くだろうけど、結局はそれだけのことでしょ。それにジョージも、気持ちが落ち着いたら感謝してくれるだろうと思ったの。もし自分の母親と遊ぶような堕落している友人がいたら、その友人は、自分の妻にも手を出すかもしれないと警戒できるでしょう？」

彼女の口調はあっさりしており、この件が暴露されたら、それはそれでしかたがないと思っているようだった。でもそれは、ファゼリー卿という脅威が去った今だからかもしれない。彼の死によって、彼女の厄介な問題は解決したのだから。もちろん、息子との修羅場を避けるためだけに殺人を犯すほど、彼女が軽率だとも思えない。だがもしかしたら、もっと大きな秘密を握られていたのかもしれないし。

ああ、ファゼリー卿の回顧録の原稿さえ手に入れば。

ベアトリスは公爵のほうをちらりと見た。彼はどう考えているのだろう。彼女よりは社交界のゴシップに通じているはずだから、回顧録の与える影響を予測できるのではないだろうか。けれども彼は涼しい顔のまま、淡々と言っただけだった。

「そんな話をファゼリーに打ち明けるとは、ダンカンもどうかしている」

「でも彼はまだ子供だから」レディ・アバクロンビーはベアトリスに顔を向けた。「あの短剣は本当にありふれた物なの。きらきらしているから目立つけれど、わざわざ手に入れたいと思うほどじゃない。はっきり言うと、わたしは短剣には興味がないから、ウォルター卿にいただいた物は全部、大英博物館に寄贈しようかと考えているくらい。だってこんなふうに、自分の居間で取り調べを受けるくらいなら、展示室のガラスケースに飾っておいたほうがいいじゃない」

「寄贈なさるなら、この居間全体がよろしいのでは？　こんなにすばらしいのですから」ベアトリスは少し皮肉を込めたつもりだったが、賞賛していると受け取られたようだ。

「あらまあ、うれしい。そうよね、この部屋は完璧よね？」レディ・アバクロンビーは子どものように喜びながら、折り上げ天井を見上げた。「細かいところまで、どこも手を抜いていないのよ。人生でこれ以上夢中になったことはないわ。特に竹でできた天蓋には苦労させられたの。初めに届いた物は竹の長さが不揃いで送り返し、つぎに届いた物もだめで、ようやく三度目に送ってきたのが満足のいく出来だったのよ。ここメイフェアに出来の悪い物を送りつけるなんて、冗談じゃないわよねえ」

ベアトリスはとりあえず「まあ、ひどい！」と調子を合わせた。

「シャンデリアを部屋の真ん中に設置するのに五回もやり直しさせたわ。職人たちはいらいらしていたけど、あの人たちは完璧という言葉を知らないのかしら」彼女はやれやれと言うように首を振った。「東洋のデザインには詳しいと自慢していたくせに、パゴダがどんな形かも知らないんですもの。大英帝国の職人が聞いてあきれるわ」

彼女はさらに、壁紙についてもあれこれと苦労話を続けた。

ある意味自慢話でもあるのだが、彼女が自分の構想に夢中になり、細部に至るまで実現しようとする姿に、ベアトリスは魅了されていた。見栄えばかりを重視することには感心できないが、最終的な目標に至るまで妥協を許さない姿勢はすばらしい。

おそらくレディ・アバクロンビーなら、軍隊のように隙のない殺害計画をたて、冷酷に実行することができるだろう。共犯者がいたのか、それとも実行役を雇ったのかもしれない。

やがてライオンの仔が頭を上げて小さく唸り、ベアトリスの膝からぴょんと床に飛び降りた。公爵もこの話題にはうんざりしていたらしく、龍の鱗(うろこ)について話す女性たちに声をかけ、そろそろ失礼すると告げた。

「ずいぶん遅い時間になってしまいました。ミス・ハイドクレアの叔父上が心配する前に、送り届けなければ。思いがけないプレゼントのことを知られたくないですし」

レディ・アバクロンビーはすっかり機嫌を直していたので、ベアトリスがダンカン卿と上手に交渉し、短剣を手に入れられるように祈っていると言った。

「それなりの金額を提示すれば、きっと渡してくれると思うわ。ダンカンは遊ぶお金にはずいぶん不自由しているみたいなの。両親が厳しいといつも不満を言っているわ」

ベアトリスは彼女のアドバイスに感謝し、別れの挨拶をして廊下へ出ると、メイドのアニーが待っていた。だがレディ・アバクロンビーは、すぐには帰らせてくれなかった。思わせぶりな表情であでやかに笑いながら、公爵をなんだかんだ言ってひきとめ、公爵も彼女に調子を合わせ、歯の浮くようなお世辞を言って応じている。ベアトリスはあきれたような顔を見られないよう、その間ずっとうつむいていた。

ようやく外に出ると、ベアトリスはレディ・アバクロンビーへの疑念を公爵にぶつけたかったが、いや待てよと思いとどまった。

「ティリーが怪しいって?」公爵はきっとこんなふうに聞き返すはずだ。「彼女はとにかく楽しいことが好きで、殺害計画を慎重にたてられるような女性ではないよ」彼はレディ・アバクロンビーのことを軽く見すぎていて、真剣に相手にしていない。彼女のお芝居にすっかり騙されているのだ。

そこで公爵には別の作戦でいこうと思い、しばらく歩くことを提案した。アニーは少しうしろからついてきている。

「イワナかマスだと、公爵さまがおっしゃらなかったことにおどろきました」

公爵は首を傾げ、青い目で彼女を見つめた。「何のことだい？」

「レディ・アバクロンビーとわたしが、龍の鱗はどの魚のものに似ているかを議論していたときです。イワナやマスではないかと、公爵さまが口をはさむのではと思ったのですが」

前回の事件のとき、侯爵家で交わした会話を持ち出した。でも公爵は、あの会話を覚えているだろうか。すると公爵が話し始めた。

「イワナやマスは中国には生息していないんだ。おそらく龍をかく中国の画家たちは、銀鯉（ハクレン）のような地元の魚を見ながらかいているんだろう」公爵は重々しい声で言って、胸を張った。

だがその直後、肩の力を抜いてにやりと笑った。ベアトリスは胃がねじれるような、不思議な喜びを感じた。そうよ、あたりまえじゃない。この人は何もかも覚えているんだわ。レディ・アバクロンビーのゴージャスな居間で、公爵の浮ついた言動に悲しくなったときは、彼の前でふたたびくつろいだ気分になれるとは思わなかった。何の苦も無く見え透いたお世辞が言える、いかにも社交界の俗物のような彼を見て、もう前回の事件のときとはちがうのだと悲しくなっていた。だがその思いこみは、間違いだった。ここにふたたび、彼女の公爵が戻ってきたのだ。

そう思った瞬間、ベアトリスはハッとした。今のはとんでもなく危険な考えだった。公爵のことを、自分のものとして考えるなんて。

目を閉じて息を吸いこみ、〝彼女の〟ではなく、〝彼女の知っている〟公爵が戻って来たのだと自分をいさめてから、口を開いた。

「ところで容疑者のことですが、ダンカン卿はどうでしょう。自分の名付け親がレディ・アバクロンビーを脅迫したと知って、ひどく怒ったはずです。きっと情事を明かした自分の責任だとも考えたでしょう。なんて卑劣なと考えたのでは」

「それはどうかな」公爵が言った。「ダンカンは甘やかされて育った、ひどく自己中心的な男だ。レディ・アバクロンビーのためにそこまでするだろうか。ただどうも、ファゼリーは彼女だけをおどしていたとは思えないんだ」

「たしかに」ベアトリスはうなずいた。「卿はこれまでにも、同じようなことをしていた可能性が高いですね。そうやって定期的にお金をせしめていたとなると、彼に消えてほしいと思う人間はかなりの数にのぼるかもしれません。そのうちの誰かが、卑劣な脅迫に屈するのがいやになったのか。あるいは、財政的に苦しくなったのか。回顧録の原稿さえあれば、問題の核心に迫れそうですね」

「ああ。なかなか難しいが、自分たちで手に入れるしかないだろう」

ベアトリスはいきなり立ち止まり、公爵を見つめた。ファゼリー卿の屋敷に不法侵入したらどうかとほのめかしているのだろうか。もしかして、それをわたしにやれと？

ベアトリスは長い間、大胆で勇気があると誰かに認めてもらいたいと思ってきた。それをついに認めてくれたのが、公爵だったのだろうか。であれば、彼の期待にぜひともこたえたい。だけど貴族の屋敷に忍びこむには、いったいどうしたらいいのだろう。まずは、特殊な道具で鍵を開ける技術を身につけなくてはいけないのでは？　そのためには、専門の学校に通う必要があるのでは？

黙りこんだ彼女がいらだたしかったのか、公爵は繰り返した。

「自分たちで手に入れなければと言ったんだよ」

「ええ、ええ、聞いています」ベアトリスはあわてて言うと、通りに目を向けた。

大きな音をたて、いかめしい顔の御者が操る四輪馬車が通り過ぎた。「でもわたしなんかに、できるでしょうか」

「心配いらない。きみは機転が利く女性だ。目の輝きでわかる」

ベアトリスは「機転が利く」と繰り返し、その意外な表現にうれしくなった。そうだ。〝機転が利く〟女であれば、ファゼリー卿の屋敷に忍びこむ方法ぐらい、思いつくはずだ。

「どうだろう、何か思いつきそうかな？」

「そうですね。まずはダンカン卿と会わなければなりません」彼女は歩き出しながら、素直に答えた。レディ・アバクロンビーの屋敷へ寄ったことで、帰る時間が予定よりかなり遅くなっている。「わからないことがたくさんありますから。名付け親の裏切りを知って彼はどう思っているのか。レディ・アバクロンビーからもらった短剣をどうしたのか。短剣の件で納得のいく答えがもらえなければ、彼が犯人であることは間違いないでしょう」

「うん、まずは彼を問いただすのがいいな」公爵はうなずいて続けた。「よし。今晩クラブか賭博場に行って、彼に話を聞こう。残念ながらきみは連れていけないが」

公爵は当然のことを言ったまでだろう。だがベアトリスのほうは、彼にはあって、自分にはないさまざまな選択肢を思い浮かべ、情けなさにうちのめされていた。そのせいで、つい公爵を責めるような言葉を口にしてしまった。

「公爵さまは、ご自分のお立場を利用する方法を本当によくご存じですこと。レディ・アバクロンビーのお屋敷では、魅力的な愛玩動物になりきっていらしたし。侯爵さまのハウスパーティではあれほど尊大な態度でいらしたのに。彼女の肌を極上のリモージュ焼きのようだとほめていらしたときは、びっくりしました。すごいますり……いえ、お世辞がお上手だなあと少し残念でした。ご一緒にオトレーさんの事件を調査して以来、とても尊敬しておりましたのに」

公爵は途中何度か顔をしかめたものの、顔を赤らめることはなく、彼女が期待したような弁明もしなかった。それどころか、穏やかな顔で言った。

「ぼくを尊敬しているだって？」

ベアトリスはおどろいて、何度も目をぱちくりした。侮辱的な言葉はいろいろ投げつけたけれど、そんなことを言ったかしら。

「え？　いいえ、そんなことはまったくありません」

「でもたった今、そう言ったじゃないか」

そうだったかしら。頭の中で思い返してみる。愛玩動物……リモージュ焼き……ごますり……尊敬。

ああ、そうだったわ。

怒りに駆られてわあわあ言っているうちに、うっかり心のうちを明かしてしまったのだ。だけどももっとまずい言葉を言う可能性もあったのだから、まだましだったのかもしれない。〝憧れている〟だとか、〝夢中〟だとか。

公爵は朗らかに笑ってから尋ねた。「明日のレランドの舞踏会には、間違いなく出席するのかな？　叔母上がなにか理由をつけてきみを欠席させるとか、そういうことはないだろうね？」

その件がなぜ重要なのかベアトリスにはわからなかったが、話題が変わったことにホッとして答えた。「ええ、大丈夫です」

ふたりは左に曲がり、ハイドクレア家のタウンハウスがある通りに入った。

「そうか、よかった」公爵が言った。「ではそのときに、ふたりでダンカンに話を聞こう」

おどろきながらも、ベアトリスは公爵に感謝した。ひどいことを言ったのに、彼女の無念さに気づき、計画を変更してくれたのだ。それとも、〝尊敬している〟のひと言が効いたのだろうか。どちらにしても、きちんと感謝の気持ちを口にしなければ。

「ありがとうございます、公爵さま」

公爵は彼女の家が見えてくると、窓から見えない場所で別れたほうがいいかと迷ったが、ベアトリスはそれに気づいて言った。

「ご心配はいりません。オトレーさんの事件の際、わたしたちが共謀しているとアンドリューさんが言ったときの叔母さまの反応を覚えていませんか。そんなばかげたことがあるわけがないと笑って、腰が抜けそうになっていましたよね。だから公爵さまがわたしと一緒にいるところを見ても、そんなばかなという先入観が強すぎて、光の加減で幻影でも見たと思うはずです」

公爵は怪訝(けげん)な顔をした。「きみの叔母上はときどき思慮の足りない場合もあるが、少し彼女を見くびりすぎているのではないかな。ほぼ一日、ぼくたちが一緒に過ごしたとメイドから聞いたら、そんなふうに笑い飛ばすだろうか」

ベアトリスはなるほどとうなずき、社交界のマナーのわずらわしさをあらためて感じた。そこで振り返ってアニーを見ながら、公爵と過ごしたことを黙っていてもらう方法はないかと考えた。アニーを味方にするには、秘密を共有する仲間として扱ったらどうだろう。

「ねえアニー、今ここに、ケスグレイブ公爵なんていらっしゃらないわよね?」ベアトリスはウィンクして、彼女がどう答えるべきかをさりげなく示した。

「はい、もちろんです」アニーはすました顔で答えたが、その目は楽しげに輝いていた。「大英博物館で疲れたわたしたちを、ここまで送ってくれた馬車しか見えません」

「聞きましたか?」ベアトリスは公爵に言った。「わたしたちが一緒にいるところは、誰にも見られていません。だから明日の舞踏会で、叔母さまが公爵さまを見かけたら、おひさしぶりと言って、あらためてわたしを紹介するはずです」

「ばかな」公爵が言った。

「一シリング賭けてもいいですよ」ベアトリスは自信たっぷりに言った。「それと、侯爵家のハウスパーティでのことも言うかもしれません。もちろん例の事件には触れず、ただ単に、楽しかったですねと」

「そこまでいくとどうかな。そんなふうに、何もかも知らないふりはできないだろう」

ベアトリスはほほ笑んだ。「まあ、見ていてください」

「ああ、楽しみにしている」公爵はうなずくと帽子を傾け、「ごきげんよう」と言って通りを下っていった。

6

「このお嬢さんの会話のセンスは天下一品よ。だからシーズン中は、どんな催しにも招待してあげてね」レディ・アバクロンビーがレディ・カウパーを呼んでベアトリスに引き合わせたとき、その夜が予想外の展開になっていると、ヴェラ叔母さんは気づいた。

社交界の名士からお墨付きをもらうことは、叔母さんの長年の夢だった。それを今、自分の姪っ子が手に入れたのだから、本来なら大喜びするところだろう。それなのに叔母さんは、せっかくのお褒めの言葉を必死で否定しはじめた。

「まあまあ、この娘はお嬢さんと呼ばれるほど若くはありませんの。それに会話もいたって退屈ですし」

レディたちが眉をひそめるのを見て、あわてて口をつぐんだものの、そのあとも居心地が悪そうにそわそわしている。そこでベアトリスが手を握ってやると、叔母さんはさらに怯えた表情をした。何か秘密のメッセージでも送ってきたのかと、ますます不安になったらしい。

ベアトリスは小さくため息をついた。彼女自身が、不安と期待の入り混じった何とも言えない気分だったからだ。昨日、レディ・アバクロンビーの自分への態度はくるくると変わったため、こんなにも歓迎されるとは思ってもいなかった。ただうれしいと思ういっぽうで、たくさんの人に紹介されて困惑もしていた。今夜はとにかく目立たないようにと、叔母さんに念を押されていたからだ。

「トラブルは絶対に起こさないでね。ハイドクレア家みんなの問題になってしまうから」

叔母さんが考えているトラブルとは、姪っ子が貴族たちに無礼な態度をとったり、ちくりと皮肉を言ったり、そこまではしなくても、イエスかノー以外のことを言ったりすることだ。

これほど極端な措置を取ろうと考えたのは、ベアトリスの行動がますますおかしくなっていると気づいたからだった。

なにしろ姪っ子は、デイヴィス氏が亡くなったと知らされたその日の午後、大英博物館に行って、大昔に滅んだ文明の瓦礫と共に過ごしてきたというのだ（長時間出かけていたとばれてしまったので、ベアトリスは博物館に行ったことだけは白状した）。どう考えても、心がどこか壊れている。だから彼女を人前に、ましてや舞踏会に連れて行くなど、とんでもないことだと思っていた。

ところがベアトリスは、何が何でもレランドの舞踏会に行きたいと言い張った。そのため叔母さんはかえって不安になり、なんとかして諦めさせようとしたのだが、ベアトリスはどうやっても承知しない。そこでしかたなく、会場の隅でおとなしくしているようにと言い聞かせ、家族一同、シーズン最初の舞踏会をおそるおそる迎えることとなった。

当初はすべて順調に思われた。特に注目を浴びることもなく受け付けをすませ、家族みんなで混雑する会場に入っていった。するとホーレス叔父さんはさっそく知人を見つけ、近々開催されるボクシングの試合について議論をはじめ、ラッセルは軽食の並ぶテーブルで友人たちと合流し、フローラはダンスを申し込んできた紳士と一緒に舞踏室へ向かった。そこでヴェラ叔母さんは、姪と軽く腕を組みながら、人けのない場所を探し、葉のたっぷり茂ったイチジクの木がある部屋の隅へと向かった。

ところが、あと少しで目的地に着くというそのとき、レディ・アバクロンビーがベアトリスに親しげに声をかけてきたのだ。ヴェラ叔母さんはふたりが知り合いだったことにおどろき、いったいいつそんな夢のような出会いがあったのかと、疑問を口にした。

「あら、つい昨日のことよ」レディ・アバクロンビーがあっさり答えた。

その答えに、ヴェラ叔母さんはさらに目を丸くした。これほどまで美しくて人気のある女性が、たとえ一日でも、壊れた壺や彫像が並ぶ博物館で過ごすなんて。叔母さんが詳しいことを尋ねる前にと、ベアトリスはレディ・アバクロンビーに小声で尋ねた。

「サクランボのリキュールをお持ちしましょうか？」

だがレディ・アバクロンビーは聞こえなかったのか、近くにいたレディ・カウパーを手招きし、新しいお気に入りの娘を紹介すると言いだした。

この衝撃的な展開に、呆然自失の状態だったヴェラ叔母さんはハッと目を覚まし、レディ・カウパーが近づいてくると、追いつめられた表情で部屋の中を見回した。ベアトリスのほうも、これほどの歓迎を受けるとは思っていなかったので、身をこわばらせ、高貴な女性と対面したとたんに自分が押し黙ってしまうのではないかと不安になった。

だがすぐに、力強く否定した。いいえ。むっつりと黙りこむ、あんな情けない状態に逆戻りするつもりはないわ。

近づいてきたレディ・カウパーにほほ笑みかけると、彼女もエレガントな笑みを返してきたので、その瞬間、ベアトリスはすっと気が楽になった。レディ・カウパーはあたたかな人柄と気品の高さで社交界でも有名な人物だが、まさにそのとおりで、ベアトリスはおかげでつっかえることもなく、自然な会話をすることができた。

レディ・カウパーが夫に呼ばれて離れたあと、レディ・アバクロンビーはクラベリング夫人やホランド夫人など、何人もの女性に精力的にベアトリスを紹介した。パドストウ公爵未亡人などは興味深そうに首を伸ばし、じっと見つめながら尋ねた。

「あなた、今年が最初のシーズンなの？」

ベアトリスはおどろくと同時に愉快にも感じ、どう答えるべきか迷った。本当のことを言ったら困らせることになるかしら。だけど、嘘でごまかすこともしたくない。一瞬の間をおいてから、「いえ、七回目のシーズンになります」と答えた。

公爵未亡人は眉をひそめ、一歩前に出てベアトリスをしげしげと見ると、納得したように言った。「まあ、無理もないわね。とても地味な顔だちですもの。どこにでもいる、ごくふつうの」

あまりにもしょっちゅう言われていた言葉なので、ベアトリスは特に反感を抱くことはなく、笑みを浮かべて応えた。「ええ、それに引っ込み思案で会話も下手ですから」

公爵未亡人はうなずいた。「鼻の上にひろがるそばかすも良くないわ。顔色をくすませて」

「そうなんです。髪の色も同じようにくすんだブラウンで、これも残念なポイントですわ」ベアトリスは笑顔で言って、さらに続けた。この年老いた未亡人の正直さを、好ましく思ったのだ。「奥さまの美しい巻き毛がうらやましいです」

そのとたん、公爵未亡人の渋い表情が明るくなった。

「でも正直なのはいいわね。それに会話が下手というのも、ちがうじゃないの」

「それは奥さまのおかげですわ」ベアトリスの口調には誠意が感じられ、単なるご機嫌取りではないとわかる。

公爵未亡人は、楽しそうににやりとした。

するとそばにいたレディ・アバクロンビーが拍手をしてくれたが、あとからヴェラ叔母さんには叱られてしまった。

「七回目だなんて、わざわざ数字まで言う必要はなかったのに。ああいうときには、小首を傾げてほほ笑むだけでも良かったのよ」

レディ・アバクロンビーが割って入った。

「それは意味がないと思いますよ。その場だけごまかしても、いいことは何もありませんもの」

ベアトリスは、思わず目をくるりと回しそうになった。レディ・アバクロンビーこそ、美しい包み紙に幾重にもくるまれた、人の目をあざむく芸術品だというのに。こんなふうにベアトリスの助っ人に入るのは、いったいどんなゲームの一環なのだろう。ぱっとしない行き遅れの娘を、今年のシーズンのヒット商品にしようと、本気で思っているのかしら。

かしこまっているヴェラ叔母さんの横で、レディ・アバクロンビーが楽しそうに言った。

「この調子でいけば、わたしの可愛いミス・ハイドクレアは、復活祭までに引く手あまたになっているわ。そうだわ、ダンスのお相手を見つけてあげる」

彼女はさっそく紳士たちの品定めをはじめた。だがヴェラ叔母さんが真っ青になっていることに気づくと、心配そうに尋ねた。

「だいじょうぶ？　ご気分でも悪いの？」

「い、いいえ」叔母さんはあわてて首を横に振ろうとしたが、バランスをくずして前につんのめり、ベッドフォード・クロップできめた紳士に勢いよくぶつかってしまった。

するとその紳士を見たとたん、レディ・アバクロンビーがうれしそうに声を上げた。

「あら、あなただったの。ちょうどよかったわ。つぎの曲はぜひ、ミス・ハイドクレアと踊ってちょうだい」

ご指名を受けた紳士は、断る術はないと思ったようだ。優雅に手を差し出してきたので、ベアトリスはうつむいたまま、恥ずかしそうにその手を取った。

わたしなんかを押しつけられて気の毒だわ。ダンスフロアに向かう途中、ベアトリスは紳士の顔をちらりと見て、顔から火が出そうになった。なんと前回の事件のとき、侯爵家のハウスパーティで一緒だったヌニートン子爵ではないか。あのとき彼は、田舎のパーティにしかたなく参加したのか、終始気のない様子だったため、ベアトリスは初めのうち、反感を覚えていた。だがやがて、気取り屋ではあるものの、正直で知性もある人物だとわかり、好ましく思うようになっていた。

「こんなことになって申し訳ありません」ベアトリスは恐縮して言った。「でもどうしようもなかったんです。あなたも同じだったと思いますけれど」

ところが、ヌニートン子爵は笑って言った。

「いや、ミス・ハイドクレア。ぼくはどうしようもなかったわけじゃないよ。迷惑だと思ったら、上手に断るテクニックなどいくらでも持っているからね」

んまあ。侯爵家のハウスパーティでは、わたしに見向きもしなかったのに。ベアトリスは苦笑いしたものの、とにかく感謝の言葉を述べた。

「いやだな。まったく信じていないようだけど、本当だよ」カドリールの位置取りをしながら、彼はきっぱりと言った。「実を言うと、来週あたり、きみを訪ねに行こうと思っていたんだ」

ベアトリスは、今度は声を上げて笑った。このすましやの紳士が、叔母さんの意味のないおしゃべりにつきあわされているところを思い浮かべたのだ。

「あら、本当にお上手ですこと」

「いや、実はオトレーの事件について、きみに詳しく聞きたいと思ってね。あんな事件に遭遇することはめったにないし。ケスグレイブはほとんど教えてくれないから」

「まあ、そういうことでしたの」曲が流れ、ダンスが始まると、ベアトリスはにっこりした。

「いや、それだけできみと踊りたいと思ったわけじゃない」ヌニートン子爵は、頰を少し赤らめた。「きみをもっと知りたいと思ったのも本当なんだ。きみみたいに大胆で知的な女性は、これまで見たことがない。だから親しくなりたいと思ったんだ」

ベアトリスはあらためて、自分は今、とてもすばらしい言葉をかけられているのだと気づいた。ハウスパーティではつねに物憂げな様子だった彼が、こんなにも興味を持ってくれたのだから。

「わたしもぜひ、もっとお近づきになれればと思います」これは正直な気持ちだった。これまで友人と呼べる相手はほとんどいなかったし、ましてや男性の友人など、ひとりもいなかったからだ。

フロアの中央で踊りはじめたふたりは、複雑な動きに入ったため、いったん話すのを中断した。ふたたび会話ができるようになると、冬の間はどう過ごしていたのかと子爵に尋ねられ、クリスマスプレゼントの話を披露して彼を笑わせた。

「従妹のフローラがバッグのカタログを見せて、どれが欲しいか訊いてきたんです。どれでもいいと答えたら、彼女は自分が気に入ったバッグをくれて、何日もしないうちに貸してほしいと言ってきましたわ」

ヌニートンはクックと笑った。「ヘシアンの新作ブーツが欲しくてたまらない妹に、その作戦を教えてやろうかな」

やがてダンスが終わると、ヌニートン子爵は、押しつけられたベアトリスから離れるどころか、彼女を軽食の並ぶテーブルまで連れていった。そしてレモネードを手渡しながら、ファゼリー卿の事件についてどう思うかと尋ねた。

ベアトリスは青くなった。彼女がその事件に首をつっこんでいると、どうして知っているのだろう。だが興味がないと答える前に、子爵は重ねて言った。

「オトレーの事件をあれほど見事に解決したきみのことだ。ファゼリー卿がどういうわけであんな不幸な死に方をしたのか、なんらかの推測ぐらいはしているのではないかな」

なあんだ。ベアトリスはホッとした。たしかに今、あの事件は誰もが口にする話題だ。「そうですね。わたしはファゼリー卿が書き上げたという回顧録と関係があるのではと思っています」

「なるほど。あの回顧録は、実際にあると思うんだね。あれはいかにも、注目を集めるのが好きな彼が言いそうなことで、ぼくは信じていないけどね」ヌニートン子爵は苦笑いした。「こんなことを言うのもね、彼が考案したクラバットの結び方があるんだが、それがとんでもない代物だったんだ。すでにあるいくつかの結び方を無理やり組み合わせ、ごわごわした硬い生地で結んだものでね。それを結んだ彼は、ステーキを食べるのに何人もの使用人の手をわずらわせたらしい。なんでもいいから、とにかく結び方の一つに、自分の名前をつけたかったんだろうな」

「男性のファッションはよくわかりませんけど、本当にユニークな方だったんですね」ベアトリスは笑ったあと、まじめな顔で言った。「ただ回顧録については、本物ではないかと思います。おそらく当事者にとっては、知られたくない秘密がいろいろ書かれているのではないでしょうか。それを守るためには、暴力も辞さないような。〝誰にでも秘密がある〟ということは、侯爵家のハウスパーティでしっかりと学びましたから」

ヌニートン子爵は、探るように首を傾げた。

「きみにもそんな秘密があるのかな？」

自分がでっちあげたデイヴィス氏の短い人生を思い出しながら、ベアトリスはきまり悪そうに笑った。

「ええ、わたしにもあります。でも二十六にもなる行き遅れの娘ですから、ロマンチックな秘密でないことはおわかりですよね」

「おやおや、きみは本当に自分に厳しいんだな」子爵はやさしく言った。「行き遅れと言うには早すぎるだろう。まだじゅうぶん若くて魅力的なお嬢さんだ」

もし彼の口調が笑い飛ばすようなものであれば、ベアトリスはそのまま受け流したかもしれない。だが彼女は、わずかに同情が込められているのを感じ取り、黙ってはいられなかった。

「子爵さまはどうやら、わたしがお世辞が嫌いなことをご存じないようですね。はっきり申し上げておきますが、見え透いたお世辞はわたしには必要ありません」そこまで言ってから、彼が怒るのではと心配になり、あわてて付け加えた。「失礼なことを申し上げてすみません。ですが子爵さまとは、うわべだけではないおつきあいができるのではと思ったものですから」

すると子爵は大きくうなずいた。「それを聞いてうれしいよ。ただね、誰かと真の友人になるには、賞賛を素直に受け止める方法も学んだほうがいい。ぼくは本心から、きみはとても魅力的だと思っているんだ。だがしかたがない。きみが少しだけ婚期を過ぎていることは認めよう。そうでないと、納得してくれないからね」

ベアトリスは苦笑しながら言った。「オトレーさんの話を、もっと詳しく聞き出したいだけなのでは？」

「ああ、それはぜひ」

子爵は手を合わさんばかりにおおげさに懇願し、その様子に、ベアトリスはまた声を上げて笑った。

とそのとき、背後からぶっきらぼうな声がした。「お邪魔してもいいだろうか」ケスグレイブ公爵の声だ。ベアトリスは笑顔のまま振り向いたが、彼の厳しい表情を目にして、あわてて真顔になった。どういうことかしら。彼の怒りをかうようなことは何もしていないのに。

ああ、そうか。公爵は昨日、すぐにでもひとりでダンカン卿に会いに行きたかったのに、ベアトリスのせいで丸一日待たされたのだ。苦い顔をしているのも無理はない。かわいそうに、ヌニートン子爵もとばっちりを受け、うれしそうに笑顔を向けた彼にも、公爵はそっけなくうなずいただけだった。そこでベアトリスは、ちょっとおどけた口調で言ってみた。

「ヌニートン子爵が、オトレーさんの事件について公爵さまが話してくれないと、嘆いていましたよ。だからわたし、びっくりしました。だって公爵さまは、どんなことでも懇切丁寧に、長々とお話しするのがお好きなはずですのに」

こんなふうにからかえば、苦虫をかみつぶしたような彼の顔も少しはやわらぐだろう、うまくいけば笑ってくれるだろうと思ったのだ。だが公爵は肩をこわばらせたまま、圧倒的な高さから彼女を見下ろしているだけだ。なんだか、ハウスパーティで初めて彼に会ったときと同じような、そう、彼の座るピクニックシートをはい回るうっとうしいアリにでもなったような気分だった。

ただ考えてみれば、公爵が彼女を見下すような目で見るのは、おかしくもなんともない。ここは湖水地方にある侯爵家の薄暗い廊下ではなく、華やかな社交の都、ロンドンのパーティ会場なのだから。くだけた言動をとったベアトリスに、もっとかしこまった態度をとれ、敬意をはっきりと示せと要求してあたりまえなのだ。

ベアトリスは状況を見誤ったことが恥ずかしくなり、姿勢を正して謝罪した。

「公爵さま、大変失礼いたしました。わたしは——」

けれども、彼女の言葉はそこで途切れた。ヴェラ叔母さんが舞踏室を突っ切って、ものすごい勢いで向かってくるのに気づいたからだ。また左側からは、フローラが同じように血相を変えて歩いてきたし、右側からは、ラッセルが大股でやってくるのが見えた。ヴェラ叔母さんが最初に到着し、フローラとラッセルをまなざしで制すと、いとこたちはすぐにもと来た方へと戻っていった。

「公爵さま」ヴェラ叔母さんは胸に手を当て、息を整えながら言った。「またお目にかかれて光栄でございます。ヌニートン卿にまでお会いできるなんて、これほどうれしいことはございません」

不自然な笑い声をあげ、ふたりの紳士から姪っ子へと視線を移し、また紳士たちへと戻した。だが公爵は相変わらずむっつりしていたため、叔母さんはベアトリスを見て顔をゆがめた。

「あの、姪のベアトリスのことは覚えていらっしゃるでしょうか。どうぞこの娘がご気分を害したのであれば、許してやってくださいませ。実はこのところ、この子はつらいことが続いて沈んでおりまして、こうして舞踏会に出席する気になってくれてホッとしておりましたの。思えばあのハウスパーティはひどく忌まわしい……」そこでぎこちなく咳きこんだが、気を取り直して続けた。「思いがけないことが起きましたけれど、それでも誰もが楽しんでいましたわね。そうでございましょう?」

ベアトリスは、叔母さんの支離滅裂な挨拶の間ずっと、公爵と親しいと思いこんでいた自分の愚かさを恥じ、じっとうつむいていた。けれども叔母さんが、「ハウスパーティは誰もが楽しんでいた」と言ったとき、とうとう我慢できず、公爵をちらりと見た。

すると彼は視線を合わせ、しかもにっこりと笑ったのだ！

ベアトリスも笑みを返すと、全身があたたかな光に包まれたように感じた。良かった。これでダンカン卿を一緒に捜し出し、彼が名付け親の――ファゼリー卿の背中にナイフを突き刺したかどうかを突き止めることができる。

だがもちろん、今すぐふたりで捜しにいくことはできない。ベアトリスが一家の恥になるようなことをしないと安心できるまで、ヴェラ叔母さんが姪っ子を見張るつもりでいるからだ。叔母さんは、大きなイチジクの鉢植えが置かれた部屋の片隅を指さした。

「ねえ、ディナーの前に少し休んだらどうかしら。たくさんのレディたちとお話をしたり、ヌニートン子爵とダンスをしたりしてずいぶん疲れたでしょう。イチジクの木にはリラックス作用があるから、あそこでゆっくりすれば、緊張がやわらいで気分が良くなるんじゃないかしら」

ベアトリスは小さくつぶやいた。公爵の笑顔を見られたから、これ以上気分が良くなる必要はないのだけど。だが今は、叔母さんの言うとおりにしたほうがいい。おとなしく従おうとしたそのとき、公爵が彼女をダンスに誘った。

するとと叔母さんは、即座に断った。「まあ、とんでもないことでございます」

実はベアトリスも叔母さんと同じく、とんでもないことだと思った。今流れている曲はワルツだ。公爵に抱かれて踊るなんて、緊張のあまり吐きそうになるだろう。そもそもこれまでワルツは数えるほどしか踊ったことがないし、そのときも相手に迷惑をかけてばかりだった。

だがそれでも、ダンスを断ろうとは思わなかった。公爵が誘ってくれたのは、何か目的があるからだ。ワルツを踊る間はふたりきりになれる、つまり調査について話し合いたいのだろう。姪っ子の代わりに必死で断っている叔母さんの横で、ベアトリスはこくりとうなずいた。するとその様子を愉快そうに見ていたヌニートン子爵は、ヴェラ叔母さんの気をそらそうとしてくれたのだろう、彼女のネックレスを大げさにほめたたえた。

やっぱり子爵は、見え透いたお世辞が上手だわ。ベアトリスは子爵に軽く会釈をしながら、心の中でつぶやいた。

いっぽう公爵は、ダンスフロアにベアトリスを連れていく間ひと言も言わず、そのせいで彼女はふたたび不安になり、彼の手が肩に置かれると、心臓が今にも飛び出しそうになった。部屋の隅にあるイチジクの木に、思わず目をやってしまったほどだ。

だがこのまま沈黙が続けば、不安が増すばかりだ。ベアトリスは、無言で歩き続ける公爵に言った。「一シリングの貸しですよ」

すると彼は、すました顔で言った。「なんだ、きみは大金を手にするチャンスをふいにしたね。百シリングと言われてもぼくは応じたのに。どうしてもきみとふたりきりになりたかったんだから」

「一シリングでじゅうぶんです。わたしも同じ思いでしたから」

公爵がほほ笑むと、ベアトリスは彼の大きな手に身をゆだね、軽やかにワルツを舞い踊った。信じられない、まるで身体が宙に浮いているようだわ。奇跡のようなその快感にひたりたくて、彼女はいつのまにか目を閉じていた。

だがそれはほんの束の間で、すぐに目を開いた。いやだわ、ひとりで舞い上がって。公爵はワルツを踊りたくて誘ってくれたんじゃない。そうだ、ダンカン卿ほどこに？

「ダンカン卿は来ているのですか？　わたしは捜す暇がなくて。こちらに着いたとたん、レディ・アバクロンビーにつかまってしまったものですから」

「ああ、来ている。二十分ほど前にカードルームに入ったから、話を聞くのはディナーが終わるまで待とう。ゲームの邪魔をしても、いいことは何もないからね」

ベアトリスはうなずいた。ホーレス叔父さんやラッセルのことぐらいしか知らないが、ギャンブルの最中に邪魔をされて、冷静でいられる紳士はいないだろう。

「話を聞きだすのは、静かな場所がいいですよね。そうだわ、リラックス効果があるイチジクのそばがいいのでは？」

公爵の笑い声は深く豊かで、その美しいバリトンにベアトリスはついくらくらして、よろけそうになった。だがすぐに、彼の手にがっしりと支えられた。良かった。こんなに大勢のいるところで転んだりしたら、大恥をかくところだったわ。思わず舌を出したベアトリスは、彼に感謝の言葉を言おうとしてハッとした。これまで見たことのないような熱っぽい瞳で、公爵が自分を見つめていたのだ。

どういうことだろう。訳が分からない。

ダンスが終わり、公爵の手がベアトリスの腰から離れると、彼女は言いようのない寂しさを感じた。だがすぐにフローラが現れたので、公爵は軽く会釈をすると、足早に立ち去ってしまった。

彼の姿が見えなくなると、フローラが興奮した顔で言った。

「すごくエレガントだったわよ！ それでいて堂々としていたわ。あなたたち、本当に美しいカップルだった。うらやましくてとろけそうだったわ」

フローラが従姉に〝美しい〟という形容詞を使ったのは、おそらく初めてだろう。あまりに熱烈なほめ言葉に、ベアトリスは恥ずかしそうに笑った。

「だとしたら、公爵さまのおかげよ。わたしはただ、リードされるまま踊っただけだもの」

「そんなことないわ。息がぴったり合っていたもの」

ベアトリスはむきになって否定することもあるまいとほほ笑んだが、フローラとこうした話題で盛り上がるのは初めてで、それはそれで、とても新鮮でうれしくもあった。

やがてフローラが、ほっそりしたしゃくれ顎の青年にダンスを申し込まれると、まもなくラッセルが現れた。しばらく自分が一緒にいるから、必要があればなんでも言ってくれと言う。

「家族みんなで、きみの付き添いを分担することになっているんだ。これからの三十分は、ぼくの担当なんだよ。お願いだから、この時間はおかしなことを言ったり、面倒なことをしないでくれよ」

ヴェラ叔母さんは、姪っ子を部屋の隅に座らせることに失敗したので、見張りをつける作戦に切り替えたのだ。ベアトリスは感心しながら尋ねた。

「次のお当番は誰なの？」

「父上だよ」

舞踏会で自分の横に座るホーレス叔父さんの渋い顔を思い浮かべ、ベアトリスはふきだしそうになった。

「わかったわ。ちゃんとおとなしくしているから心配しないで」

ところがそのつもりでいても、〝おとなしく〟してはいられなかった。ケスグレイブ公爵がワルツを踊ったレディに会いたいと、ゲストたちがつぎからつぎと会いにきたからだ。ただ家族や趣味など、同じような質問ばかりされたので、答えるのに困ることはなく、以前のように頭が真っ白になることはなかった。

ラッセルは約束どおりそばにいてくれて、時おり口をはさみ、父親がつぎの当番として現れると、ぎゅっと従姉の手を握ってから去っていった。彼に続き、ホーレス叔父さんが横にいるときも、思いがけず楽しい時間になった。エバーストン姉妹が叔父さんにこう言ったときのことだ。「朗らかですてきな姪御さんをお持ちで、うらやましいですこと」

すると叔父さんは目を丸くし、思わず「え、ええ？」と言ってしまったのだが、すぐに抑揚を変え、「え、ええ！」とうなずくことで、姉妹の笑いを誘ったのだ。

ベアトリスも楽しそうに笑うと、おどろいたことに叔父さんは、そんな彼女を愛おしそうに見つめた。いや、そうではない。ベアトリスは気づいた。叔父さんは姪っ子を、誇らしげに見つめているのだ。

叔父夫婦にひきとられてからほぼ二十年。とうとう存在を認めてもらえたんだわ！

ホーレス叔父さんに認めてもらうことが、こんなにもうれしいとは思わなかった。ベアトリスは救われたような思いと、うっとりするような幸福感に包まれた。

やがて叔父さんの担当が終わったところで、ディナーの準備ができたと案内があった。豪華な料理はどれもすばらしかったが、ベアトリスは残念ながら、ゆっくり味わうことはできなかった。ディナーのあとにダンカン卿を呼び止めると公爵が言っていたので、ふたりが姿を消すタイミングを見逃すわけにはいかないと、気が気ではなかったからだ。

やがて公爵とダンカン卿が一緒に立ち上がるのを見て、ベアトリスもテーブルからそっと離れた。ふたりのうしろを、ある程度の距離を保って歩いていく。途中で立ち止まり、レランド卿の祖父の肖像画に見惚れているふりをしていると、ヌニートン子爵がやってきた。どうやらこの三人の組み合わせの不自然さに気づいたらしく、あとをつけてきたようだ。ただ彼が声をかけたのは、公爵だった。

「一緒に一服しないか」

公爵は笑顔でうなずき、南側のテラスで待っていてくれと彼に言うと、北側にあるテラスへダンカン卿を連れていった。

二月上旬のひんやりとした空気のなか、ベアトリスもテラスに出ると、ふたりの紳士は一番奥の手すりに寄りかかっている。ドアの近くでは、紳士たちの一団がりバプール卿の最新の議会演説について議論しており、長椅子に座ったふたりのレディたちも、静かだが厳しい口調で話し合っている。

どちらのグループもベアトリスには目もくれなかったので、彼女は堂々とテラスを横切り、一直線にダンカン卿のところへ向かった。そして彼の目をまっすぐ見つめながら言った。「ファゼリー卿の殺害について、どうぞ正直にお話しください」

すると、赤々と燃えるかがり火の横で、ダンカン卿の顔はみるみるうちに真っ青になった。

7

ああ、やっぱり。ダンカン卿が急に青ざめたのは、罪を認めたのも同然だとベアトリスは確信した。

この青年が何か悪事をはたらき、それが発覚したと知って怯えているのは間違いない。彼のブラウンの瞳はほっそりした顔にはもともと大きすぎたが、それがディナー皿のように大きくなった。そしてその視線が、ベアトリスから公爵、室内に通じるフレンチドアへと移動し、ふたたびベアトリスに戻ってきた。

舞踏室に逃げ込むべきか、それともずうずうしく立ち回るべきかと迷っているのか。いや、ぶるぶる震えているこの若者には、レディ・アバクロンビーのような堂々としたところも、ふてぶてしさもまったくない。ベアトリスは彼を見ながら、犯人を見つけた喜びよりも、同情を感じずにはいられなかった。それでもこんな窮地を招いたのは、彼自身の行為なのだ。誰かに強要されて、名付け親の命を絶ったわけではない。

ベアトリスは、ダンカン卿が話し始めるまでは黙っているつもりだった。だが沈黙が長引けば長引くほど、彼の顔色は悪くなっているようだ。このままでは、今ここで気を失ってしまうかもしれない。

「ダンカン卿、どうぞ深呼吸をして気持ちを落ち着けてください。今ここでパニックを起こしたら、罪悪感のせいだと思われるだけです。さあ、気をしっかりもって話してください」

ダンカン卿は素直に深呼吸を繰り返したので、少しずつ顔色が戻ってきた。

「ぼくは、ファゼリー卿を殺してはいない」

すると公爵は、ゆっくりうなずいてから尋ねた。「あの短剣について教えてくれ」

「はい」ダンカン卿は深くため息をつくと、手すりにもたれた。「新聞でファゼリー卿の記事を読んだとき、凶器はレディ・アバクロンビーからもらったヒスイの短剣だとすぐにわかりました。だからぼくが犯人だと思ったんですよね」彼は目を閉じ、もう一度息を深く吸いこんだ。「でもぼくがあの短剣を持っていたのはごく短い間で、すぐにファゼリー卿に買い取ってもらったのです。卿はああいう派手なのがお好きですから、装飾品として身に着けるつもりだったようです。ブランメル氏への当てつけもあったと思いますが。ご存じのようにブランメル氏は、シンプルでエレガントなもの以外は認めませんから」

ファゼリー卿とブランメル氏のふたりがファッション・リーダーであり、互いに対抗意識を持っていることは、ベアトリスでもさすがに知っていた。ファッションやマナーについて正反対の哲学を持っており、顔を合わせるたびに、お互い相手に対してケチをつけずにはいられないことも。

「ファゼリー卿に売ったのはいつのことですか？」

「先月のことです。あれはレディ・アバクロンビーから」彼女の名前を言うときに、少し顔を赤らめた。「クリスマスにいただいた物で、ロンドンに戻ってからファゼリー卿に見せました。もともとは古物商に売るつもりだったのですが、彼がぜひ欲しいと言うので、手間を省くことができてありがたいと思ったんです」

「彼女から短剣をもらった理由を、ファゼリーには話したのかい？」

公爵が尋ねると、ダンカン卿は言いよどんだ。

「ええっと……ええ、そうですね」頬が鮮やかなピンク色に染まっている。「ぼくたちの関係が……その、深まったというか。それでその絆が深まった記念としていただいたと」

ダンカン卿の顔がさらに赤く染まるのを見て、彼はなんと若く見えるのだろうとベアトリスはおどろいた。ラッセルより少し若いだけだが、ずいぶん年下に見える。

「レディ・アバクロンビーとの関係について、あまりはっきりお話ししたくないようですけど」

淫らな行為にふけっていた男が、どうして恋愛という言葉を言いよどむのだろう。

「いや、そんなことはない。ぼくは世慣れた人間だからね。年上の女性の魅力もよくわかるんだよ。なんていうか……そう、世界観を広げてくれるとでも言うのかな」

ベアトリスはあきれたように首を振った。彼が虚勢をはっているのは明らかだ。

「ダンカン卿、あなたはどう見ても、困ったことになったとあわてていらっしゃるようです。極めて個人的な関係をうっかり話してしまい、それを使ってファゼリー卿があなたの恋人を脅したとき、ずいぶんとおどろいたでしょうね」

ダンカン卿は、いきなりむっとした顔になった。

「おい、きみ。失礼だろう。ミス……えぇっと、ミス……」

ベアトリスの名前を知らないことに気づき、口を閉ざした。

「ハイドクレア」ベアトリスが助け舟を出した。「ミス・ハイドクレアです」

ダンカン卿はうなずきながら、ふたたび抗議し始めた。

「ミス・ハイドクレア、きみは大きな誤解をしている。ティリー……いや、レディ・アバクロンビーとの関係は、ごく短い間にすぎない。だから彼女を、ぼくの恋人と呼ぶのは的外れだ」

そんな些細な点に激しく反論されたことにとまどい、ベアトリスは公爵をちらりと見た。男性の恋愛観についてはうといので、〝恋人〟という言葉になぜダンカン卿が腹をたてたのかわからなかった。そんなにまずいことなのか。だが公爵は愉快そうな表情を浮かべている。

ベアトリスはホッとして、もっと重要な問題に立ち返った。

「ではファゼリー卿の裏切りを知ったとき、あなたは怒らなかったのですか？」

ダンカン卿の怒りは、美しい未亡人との関係同様、束の間のことだった。この質問に彼はがっくりと肩を落とし、ふたたび手すりにもたれた。

「ファゼリー卿はぼくを裏切ったわけではない。レディ・アバクロンビーに交渉を持ちかけるよう、ぼくが彼に頼んだんだ」

思いもよらない言葉に、ベアトリスは呆然とした。顔を真っ赤にしておどおどと話す様子から、ダンカン卿に人を殺すのはとうてい無理だと思いこみ、やはり美貌の未亡人が犯人ではないかとすら考えはじめていた。けれども、ダンカン卿が金に汚いとわかったことで、その考えはがらりと変わった。自分との関係をネタに恋人を脅迫するため、他の男を送りこんだですって？　誠実さも良心もまったくないではないか。

そうなると問題は、なぜダンカン卿が名付け親を殺したのかということだ。このふたりの紳士はどちらもお金を必要としていたようだから、そのせいだろうか。実はレディ・アバクロンビーはファゼリー卿に大金を渡していて、その分け前をめぐり、ふたりがもめたとか？

ベアトリスがあれこれ考えている間に、公爵はダンカン卿に、なぜ脅迫などしたのか説明するように求めた。

「ぼくはにっちもさっちもいかなくなっていたんです。ギャンブルで借金がかさんでいたのに両親は助けてくれないし、ファゼリー卿には短剣の価値をだまされるし。実はあの短剣は、彼が払った額の四倍の価値があると、あとからわかったんです」言い訳がましく言う。「それなのにこれ以上一シリングだって払わない、あれは紳士協定じゃないかと笑ったんですよ。自分のほうが汚い手を使っているのに、なにを紳士面してと、本当に腹が立ちました。それでも、できることがあれば協力すると彼が言うので、それならと提案したんです」

ベアトリスは腹がたってたまらなかった。ダンカン卿は、ファゼリー卿が自分との交渉をはねつけたことは怒っているくせに、レディ・アバクロンビーから金を脅し取ることは問題ないと考えているのだ。

「まあ、おふざけみたいなものですよ」ダンカン卿は困惑して眉をひそめた。公爵のような世慣れた男に、なぜこんなことを説明しなければいけないのかと困惑しているようだ。

「レディ・アバクロンビーにとっては、たいした金額じゃないんです。記念だと言って贈ってくれた短剣の価値から考えると、もし国王の身代金が必要になっても、彼女だったら用意できるんじゃないでしょうか。ぼくたちが要求したのは、ライオンの餌代ぐらいのわずかな金額です。それでも彼女ははねつけたんですから、本当にわからずやというか、つむじ曲がりというか」

ベアトリスはため息をつきながら、彼のこの弁明をどう思っているかと公爵に目をやり、彼が唇をゆがめているのを見てホッとした。ダンカン卿は、ピクニックシートをはい回るアリになったのだ。それなら自分もそう考えて、ここは我慢するしかない。レランド家のテラスでどなり散らすわけにはいかないのだから。

そこで静かな声で、ダンカン卿に尋ねた。「噂は本当だったのでしょうか。社交界のスキャンダルを、ファゼリー卿が回顧録に書いたというのは」

「ああ、本当だ。すでにどこかの出版社と契約も結んだと言っていた。ファゼリー卿はけっこう文学者気どりというのか、自分の文体を自慢にしていて、いよいよ本を出すとはりきっていたよ。社交界の名士たちをこれまでずっと見てきて、詳しい記録をつけていたらしい。それはもうおどろくようなことから、ちょっとした笑い話まで、とにかく多岐にわたると。出版されたら、ロンドンじゅうが大騒ぎになるようなね」

「それには、具体的な名前も書かれていたのでしょうか」

ダンカン卿はバルコニーにもたれることもなく、鼻で笑いながら答えた。さっきまでのおどおどした様子とはまったくちがう。

「ついさっき、有名人のあれこれが書かれていると言ったばかりじゃないか。いいかい、ミス……」

彼がそこで言葉を濁したので、ベアトリスは怒りを抑えながら静かに言った。

「ハイドクレアです」

「いいかい、ミス・ハイドクレア。具体的な名前も挙げずにスキャンダルを書いたところで、何がおもしろいんだ？　大事な箇所を省略したら意味がないだろう」

ベアトリスは彼のばかにするような言い方に憤慨しながらも、事件につながる部分に関して質問を続けた。

「ファゼリー卿はそうした人たちに接触し、何かと引き換えに、彼らに関する箇所を省くことを持ちかけましたか？」

ダンカン卿は大きく息を吸いこむと、肩をそびやかしてベアトリスに一歩近づき、彼女の真正面に立った。「ぼくの名付け親がそんな卑劣な行為をしていたとでも言うのか？　ミス・ハイドクレア、もしきみが男だったら、決闘を申しこむところだ」

あまりに激しい怒りようだったので、ベアトリスはおどろいて彼を見つめた。単に格好をつけただけとは思えない。本気で怒っている。ベアトリスは、絶望的な無力感を覚えた。特権階級にいる男たちはやりたい放題で、彼ら以外の者たちは、理不尽なことにもぐっとこらえなければいけない。ダンカン卿も、そうした一握りのグループの一員であるがゆえに、これほどまでに傲慢でいられるのだ。人は皆、広い世界の靴底にくっついた一粒の砂に過ぎない——そのことを、この男に知らしめることはけっしてできないだろう。

ベアトリスが怒りを鎮めようと必死になっている間、ダンカン卿が公爵に向かって言った。「あの、わたしには訳が分かりません。なぜ閣下はこのような女性と一緒にいらっしゃるのですか。洗練さのかけらもなく、頭も悪い。結婚したくない女の見本のようです。閣下のようにあらゆる点でずば抜けている方なら、どんな女性でもより取り見取りではありませんか。非難するつもりは毛頭ありませんが、ただどういうお考えなのかを知りたいのです」

ベアトリスはこの発言を聞いてまず、よくぞ言ってくれたと思った。彼女もやはり、公爵の考えを知りたかったからだ。今回の事件を調べたいならひとりでやればいいのに、どこへ行くにも彼女を誘ってくれるのはなぜだろう。ただその答えを聞く前に、ダンカン卿への激しい怒りが爆発してしまった。

「あなたは、おもちゃね」

ダンカン卿はびくっとして、一歩あとずさった。

ベアトリスはもう一度、今度はあざ笑うように言った。

「マダムのおもちゃだったのよ」

ダンカン卿はなんとかその場にふんばってはいたが、彼女の言葉の意味を理解し、顔を真っ赤にした。

ベアトリスは満足だった。なんていい気分なのだろう。彼が一粒の砂に過ぎないと知らしめることはできないが、ほんの少しの間でも、情けない存在だとわからせてやったのだ。

ベアトリスが一歩前に出て、さらに繰り返そうとしたそのとき、聞きなれたヴェラ叔母さんの声がひびきわたった。

ベアトリスが振り向くと、ハイドクレア家の全員がすぐうしろに立っていた。ホーレス叔父さんの顔はダンカン卿と同じくらい赤くなっていて、フローラはショックであんぐりと口を開けている。ラッセルだけは憧れの公爵をぼうっと見つめていたので、従姉の言葉に気づいていないようだった。

「ヴェラ叔母さま」ベアトリスの顔から血の気がひいた。「あの、わたし……。ちがうんです、これは――」

「ちがうじゃありません！」叔母さんが姪っ子に詰め寄っている間に、ダンカン卿は何歩かあとずさった。今がチャンスだと思ったのだろう、自分の影におびえるウサギやリスのように、小走りで逃げていく。ベアトリスはやれやれと苦笑いした。自尊心がひとかけらでもあれば、この場にとどまり、彼女の困る様子を楽しむはずだが。

公爵もダンカン卿がこっそり立ち去ったのに気づいたが、ヴェラ叔母さんの方を向くと、いつものように優雅な態度で話しかけた。

「ミセス・ハイドクレア。どうぞこのわたしに免じて――」

だがヴェラ叔母さんは、相変わらず恐ろしい形相のままだった。いや、それどころか、ベアトリスが絶対にありえないと思っていた行為に及んだのだ。

そう、公爵閣下の言葉をさえぎるという暴挙に。

「まあ、公爵さまはなんておやさしいんでしょう。こんな娘のためにそのようなことを」怒りを抑えるためか、叔母さんの声は震えている。「ですが、わたくしども家族の問題に巻きこんで、公爵さまの評判を落とすわけにはいきません。ここ数日、この子がどんなにつらい思いをしているのかご存じないのですから。でもあとで理由を知ったら、きっといやな思いをされるはずです。もちろん、公爵さまのご親切には感謝してもしきれません。ですが今宵は、ベアトリスともども、これにて失礼させていただきたく存じます」

叔母さんの言葉を聞いた公爵の動揺ぶりは、動揺しながら話している叔母さんに勝るとも劣らないものだった。自分の評判を落とすと言われたときには身をこわばらせ、異議申し立てをするつもりのようだったが、聞き終わると、ただ叔母さんの手を取って頭を下げ、お会いできて良かったと告げた。

ベアトリスはその様子を見ておどろき、大声で叫びたかった。どうしてなの。あなたは公爵閣下なんだから、叔母さんなんてひねりつぶしてやればいいのに！

ベアトリスの声なき叫びに気づかぬまま、公爵はその場から足早に立ち去っていった。呆然とたたずむ彼女を、ちらりと見ることもせずに。

ベアトリスは悲しかった。ふたりの奇妙だが素晴らしい関係が、これほど醜い結末を迎えようとは。そのいっぽうで、彼がこんなにもあっさり自分を見捨てたことに、苦い怒りを感じていた。彼は天下のケスグレイブ公爵であり、世の中の流れを作り出す人間で、誰かに従うべき人間ではない。けれども、その力をふりかざすこともせず、世間体ばかりを気にする叔母さんに屈して逃げてしまった。

こんなみっともないことになったのはベアトリスの責任で、自分はとばっちりを受けたと思ったのだろうか。

ベアトリスは、大英博物館での光景を思い返してみた。凶器とそっくりの短剣を見つけたこと、女性蔑視の学芸員ゴダード氏に邪魔をされたこと、そこへ公爵がさっそうと現れ、古代ギリシャの神デウス・エクス・マキナのように救いの手をさしのべ、閲覧室へ入れたこと……。たしかにあのときは、とてもありがたかった。彼がいなければ、短剣の行方を知ることはできなかっただろう。

だが彼女がひとりで調査をしていたところに接触してきたのは、公爵のほうではないか。ダンカン卿の関与がわかったのも、彼がレディ・アバクロンビーを訪ねようと言いだしたからだ。そう、公爵が首を突っこんでこなければ、彼女は今この瞬間、イチジクの木のそばにゆったりと座っていただろう。

とはいえ、何を言っても無駄なのはわかっていた。それに、叔母さんたちが恐れていた最悪の結果にしてしまったのは、やはり彼女自身の浅はかな行為なのだ。ベアトリスは、やりきれない思いにがっくりと肩を落とした。

舞踏室に入って伏し目がちに歩いていると、ダンカン卿が目に入った。唇をねじまげて笑っている。ふん、安全な場所にいるときは尊大な態度をとるわけね。本当にいやな男だわ。

帰りの馬車は、いつまで経っても到着しないように感じられた。叔母さんがグスグスとすすり泣き、姪っ子の手を握りしめ、その合間に何度もこう繰り返したからだ。「全部うまくいくから、大丈夫よ。そう、ゆっくり休みさえすれば」

ゆっくり休めという言葉を聞いて、ベアトリスはぞっとした。ベスレム病院に収容された精神疾患の患者たちが思い浮かんだからだ。

疲れているせいでおかしな想像をしてしまうのだと、わかってはいた。彼女に対する家族の評価はもともと低いのだから、今回の失敗くらいなら、うまくやれば挽回できそうだ。数日間は叔母の言うことを素直にきき、これからはおかしなことはしないと約束しよう。チャンセリー・レーンを訪れ、法律関係の男性を見に行ってみると言うのもいいかもしれない。

そこでさっそく、朝食の席で家族みんなに謝った。

「自分では大丈夫と思っていましたが、やはり最近の悲しい出来事から、思った以上に気持ちが沈んでいるようです。そのせいで、昨夜はたいへんな失態を演じてしまいました。それでも冷静に対処し、わたしに理解を示してくれた皆さんには感謝しています。今後は皆さんの忠告にしたがい、絶対に絶対に、面倒なことを起こさないとお約束します」

すると叔父さんは新聞から顔を上げ、「それを聞いて安心した」と言うと、すぐにまた紙面に視線を戻した。叔母さんのほうは、そう簡単にはだまされないと言わんばかりに舌打ちをしたが、それでも何度かうなずいたので、今回は許してやろうと考えたらしい。

ベアトリスは神妙な顔で、今日はじっくり反省するためにも、自分の部屋で静かに過ごすと告げた。

「それはいいわね」叔母さんが言った。「あとでエマーソン夫人に簡単な食事を持っていかせるわ。だから食事のためにおりてきて、反省を中断する必要はありませんよ」

ベアトリスは部屋に戻ると、ジョージ・ステップニーの伝記を全部読み終え、アイザック・ニュートンの伝記にとりかかるなどして、静かな午後を過ごした。夕方になるとホーレス叔父さんは紳士クラブへ行き、叔母さんとフローラはいつもより着飾って、ヤードリー夫人の晩餐会に向かった。いっぽうラッセルは、友人たちから誘われた観劇を断って、トランプをしようとベアトリスを居間に呼んだ。ただゲームをしながら公爵のことをしつこく訊いてきたので、そっちが目的だったらしい。ハウスパーティで会って以来、公爵は彼にとって偶像的な存在になっている。だがもはや、静かに崇拝する段階を終え、何か共通項を見出すことで接触しようと考えているようだ。

翌朝、叔母さんは朝食の席にいつもより遅く現れたが、いつになく上機嫌だった。

なんと前夜のヤードリー夫人のディナーの席で、ケスグレイブ公爵と十分以上も話したという。

「ビーツのさまざまな活用法について、熱く語りあったのよ」

ビーツですって？　高級とはいえない野菜についてすら熱く語るというのは、いかにも公爵らしい。どんな話題でもおどろくほどの知識を持っている彼なら、たとえばビーツのパイやジュースの作り方、さらにはビーツを使った湿布の作り方まで、たっぷり一時間は講義できるにちがいない。他にもビーツが発見された年や最適な栽培方法、また中世の修道士が髪を染めるために使った方法まで、ありとあらゆる情報を持っているはずだ。

かわいそうに、ヴェラ叔母さんは、ほとんど理解できない話にも感心するふりをしていたのだろう。

ベアトリスは、ビーツの話で公爵をからかうのが待ちきれなかった。彼の話は、ハウスパーティで聞かされた「ナイルの海戦」と同じくらい退屈なものだったにちがいない。けれども、以前ビーツの歴史の本を面白く読んだベアトリスなら、もっと珍しい情報を披露して対抗できたかも――。

ああ、そうだった。おといの夜、公爵は叔母さんの剣幕に屈し、ベアトリスを擁護することもなく去っていったのだ。

彼が知識をひけらかすのをからかう機会は、もう二度とないだろう。

ベアトリスはそう気づいて胸が苦しくなり、席を立って部屋に戻ると、この日もまた表向きは反省の、だが実際は、物思いにふける静かな一日を過ごすことに決めた。そこでニュートンの伝記を開き、日時計を作った話に夢中になっているとき、フローラがドアをノックし、レディ・アバクロンビーが訪ねてきたと告げた。

ベアトリスはびっくりして顔を上げた。「レディ・アバクロンビーですって？」

「どうやら彼女は、あなたを社交界の人気者にしたくてたまらないみたいなの。自分のお気に入りの娘だからと」フローラは部屋に飛び込んでくるなり、そう言った。

「お母さまはどうしたらいいのかわからないみたい。そんなふうに言ってもらって感激しているいっぽうで、あなたの心が彼女の寵愛に耐えられないのではと心配しているんでしょう。だから今この瞬間も、なんとか彼女の関心を自分の娘に向けようとしているんだけど、全然だめなのよ。レディ・アバクロンビーはわたしなんかつまらない娘だと思ったのか、自分が見込んだ娘はあなただと言いはっているの」

失意の底にいたベアトリスは、レディ・アバクロンビーのことをすっかり忘れていた。そして今、彼女がどうして自分にこだわるのかを考えてみた。もちろん、彼女がファゼリー卿を殺した犯人であれば、口封じに来た可能性はある。けれども、ダンカン卿の卑怯な行為を目にしたあとでは、堂々としたレディ・アバクロンビーが、そんな卑劣なことをするとは思えなかった。彼女なら自分で言ったとおり、ファゼリー卿のおどしをぴしゃりとはねつけ、スキャンダルなど物ともしない姿勢を見せたのではないか。

とはいえ、ダンカン卿が犯人だとも思えなくなっていた。名付け親を冷酷に殺すほど図太いとは、とても思えないからだ。

ベアトリスはふうとため息をついた。事件の調査はゆきづまってしまったのだ。だが意気消沈していてもしかたがない。そこでもう一度、レディ・アバクロンビーのことを考えてみた。おそらく、新しい余興を必要としているのだろう。ライオンを飾り立て、舞踏会に連れていき、子爵と踊るようにと迫ることはさすがにできないのだから。

ベアトリスはフローラに言った。

「あなたのことをつまらない娘だなんて、レディ・アバクロンビーは思っていないわ。彼女がやりたい〝変身計画〟には、あなたじゃ物足りないだけよ。わたしなら条件をじゅうぶんに満たしている。六年後にまだあなたが結婚していなければ、きっとあなたにも興味を示すはずよ」

フローラは従姉のベッドでくつろぎながら言った。

「どうかしら。あなたは自分に対していつも辛辣すぎるわ。でも以前とは全然ちがう。おとなしくて臆病だったのに、貴族の紳士に立ち向かうほど大胆になった。理由はわからないけど、わたしにはわかる。あなたは本当に変わったわ」それから、茶目っ気のある表情で付け加えた。「もちろんお母さまは、あなたが反省しているのを完璧に信じているけどね。何度も謝ったり、これからは大丈夫だとくどいほど約束をしたり。ちょっとやりすぎかとは思ったけど、すばらしい演技力だった。わたしもいつか面倒なことをしでかしたら、あんなふうにお母さまを信じこませたいわ」

ほめられたとはいえ、おかしな気分だった。それにフローラが、叔母さんが送りこんだスパイである可能性は否定できない。

「叔母さまが少しでも安心してくれたのならよかった。でもわたしは、本当に反省しているのよ。短い間にいろいろショッキングなことがあったとはいえ、さすがにどうかしていたわ。ダンカン卿にあんなことを言ってしまって」

フローラは唇を尖らせた。「だけどダンカン卿は、よっぽどひどいことをあなたにしたんでしょう。いつかぜんぶ教えてちょうだいね」それから立ち上がって言った。「そろそろ居間に戻らないと。お母さまはレディ・アバクロンビーに夢中なの。豪華な宝石にはもちろん、エネルギッシュな雰囲気にうっとりしているわ。でも正直言うと、わたしは少し圧倒されてしまって、彼女のお眼鏡にかなわなくてホッとしているの」

フローラが語るレディ・アバクロンビーの様子に、ベアトリスはのぞいてみたくてたまらなくなった。だがもし叔母さんに見つかってしまったら、おとなしくしていたこの二日間の努力が、すべて無駄になってしまう。

そこでレディ・アバクロンビーのことは頭から追い出し、午後の残りの時間は静かに本を読んで過ごした。夕食は家族全員でとったが、そのあとベアトリス以外のみんなは、レディ・マーシャムに誘われていたコベントガーデンのオペラに出かけていった。ラッセルは出がけに、「アルタクセルクセスはもう見飽きた」と十分近くごねていたが、「まだ一度も見ていないはずだ」と叔母さんに指摘され、結局は渋い顔で出かけていった。

ふたりの滑稽なやりとりを楽しんだベアトリスは、居間の暖炉の前で紅茶を飲みながら、ニュートンの伝記の続きを読み始めた。それから二時間近く経ったころだろうか、アイザック卿が王立協会に反射望遠鏡を贈ったところで、ドーソンが入ってきて来客を告げた。こんな時間にお客さまですって？　すでに夜の十時を過ぎ、どう考えても社交的な訪問の時間ではない。叔父さんかラッセルの友人だろうか。

「みんな出かけているとお伝えしたの？」ベアトリスはいぶかしげに尋ねた。

「はい。ですがその紳士は、お嬢さまにお目にかかりたいとおっしゃるのです」

あらまあ、なんて不思議なこと。社交デビューしてからの六年間、自分を誰かが訪ねてきたことは一度か二度しかないし、もちろんこんなマナー違反の時間ではなかった。誰なのか想像もつかないが、その紳士の行動をとがめたり、追い返せと言い放つヴェラ叔母さんがいないのがありがたかった。

「わかったわ、ドーソン。お客さまをご案内して。それとアニーに同席するように伝えてね。マナーはきちんと守らなくては」

それから本にしおりを挟んでテーブルに置き、ゲストを迎えるために立ち上がって振り向くと、口をあんぐりと開けた。ケスグレイブ公爵だった。

8

黒いシルクのひざ下ブリーチ、真っ白なシャツ、複雑な結び方のクラバット、ぴかぴかに磨かれた靴――公爵は完璧な正装をしていた。流行よりも少し長めの髪が額にかかり、何かにいらだっているのか、眉根を寄せている。

それを見て、ベアトリスも顔をしかめた。何を怒っているのだろう。というよりそれ以前に、なぜ公爵は前もって連絡もせず、こんな非常識な時間に訪ねてきたのだろう。もしかしたら、あのテラスでの暴挙について、あらためて非難をしにきたのだろうか。それとも、何か別の問題でも？　だけどあれ以来、外には一歩も出ていないのだから、新たな恨みをかうはずもないのに。

ベアトリスがぐずぐず考えている間に、公爵は一歩前に出て言った。

「こんなに遅い時間にお邪魔して申し訳ない」

口調は穏やかだが、相変わらずしかめ面だ。ベアトリスはとまどいながらも、ソファに座るようにと勧めた。居間に入って来たアニーは、ふたりの逢瀬を応援するかのようにうなずき、窓際の椅子に腰を下ろした。立ち合いのマナーにふさわしい近さでありながら、ふたりの会話が聞こえないほど離れた位置だ。

ベアトリスは暖炉のそばのソファに腰を下ろした。公爵はここに来るために、どんな予定をキャンセルしてきたのだろう。家でのんびりくつろいでいるような格好ではない。

「公爵さま、よろしければお茶でもいかがですか?」ベアトリスのほうも、彼の敵前逃亡に対する怒りがあらためてこみあげてはきたものの、できるだけ丁寧に尋ねた。数ヵ月前、オトレー氏の容疑者をふたりで絞りこんでいるとき、公爵は彼女を相棒として扱ってくれた。でもそれは、彼女の勝手な思いこみだったのだ。相棒であるためには対等でなければならず、今の彼の態度を見れば、そうでないことは明らかだった。

そのため、お茶などいらないとはねつけられるかと思ったが、「ああ、ぜひいただきたい」と公爵は答え、ベアトリスと同じく、自分でもおどろいているようだった。

ティーカップを運んできたドーソンが立ち去るまで公爵は黙っており、誰の邪魔も入らないことを確認すると、ようやく口を開いた。

「きみは囚われの身だそうだね。きみのいとこが言っていた」

ああ、なるほど。彼女が家庭内でまずい状況にあり、自由に行動できないのではと心配して来てくれたのだろう。そこで安心させるように、にっこり笑って答えた。

「いとこから？ フローラなら公爵さまをからかっただけでしょう。ラッセルだったら、あなたの気を引こうとしたのだと思います。お訪ねいただいたということは、どちらにしても大成功ですね。ただラッセルは、がっかりしたでしょう。自分に注目してほしかったはずですから」

すると公爵も頬をゆるめ、フローラから聞いたのだと認めた。

「オペラでハイドクレア家の人たちを見かけてね。きみがいなかったので、体調でも悪いのかと尋ねたら、囚人にしては元気ですとミス・フローラが言ったんだよ。

ミセス・ハイドクレアは顔をゆがめていたが」

ベアトリスはフローラの大胆さに感心したものの、いやな予感がした。これまでの例から、叔母さんはフローラの不謹慎な行為に対して、間違いなくベアトリスに責任を負わせるはずだ。

「投獄されたというのは、大げさすぎます」ベアトリスは穏やかに言った。「わたしはとても元気ですし、いつでも外出することは許されていますから。当分の間は家に引きこもると、自分で決めただけです。でもそれは公爵さまとは、いっさい関係ありません。先日暴言を吐いたせいでひどい仕打ちをうけているのかと、ご心配いただいたのなら大丈夫です。そもそも公爵さまは、あの悲惨な場面からさっさと退場されましたし」ああもう、彼が逃げ出したことには触れるつもりはなかったのに。だけど言ってしまったからには、この問題についてきっぱりと決着をつけておいたほうがいい。「お訪ねくださったのが罪滅ぼしのためではないといいのですが。わたしのほうは、まったく気にしておりませんから。いくら公爵さまでも、あの状況をうまく説明できたとも思えませんし、どうせ叔母は信じなかったでしょう」

公爵は苦笑いで応えた。「どうやら相当恨みをかってしまったようだな。だがあのとき、叔母上がぼくの顔をたててひっこんだとしても、きみの立場は今以上にまずくなっていたはずだ。下手をしたらこの先一生、この家に監禁されてしまったかもしれない」彼は青い目を楽しそうに輝かせた。

「それに、ぼくがここに来たのは謝罪のためではない。ぼくたちの調査の最新情報を伝えるために来たんだ」

ベアトリスは何をどう考えればいいのかわからず、ぽかんと口を開けた。少し前まで、自分が調査をするのはもう無理だとあきらめていた。それなのに、今こうして公爵が夜遅く現れ、調査の進捗状況を報告に来たと言うのだから。彼だってまさか、付き人にクラバットをメイル・コーチの型に結ばせているとき、オペラのクライマックスをあきらめ、彼女に会いに来るとは思いもよらなかっただろう。

それなのに、彼女が家にいると知ったとたん、オペラを抜け出して訪ねてきたのだ。もっとおどろいたのは、彼が〝ぼくたちの調査〟と言ったことだ。彼は彼女を出し抜きたいのかと思っていたのに。

ただその疑問を、公爵にぶつけることはしなかった。

「それで、新たに得た情報というのは何ですか？」

「執事にロンドンの出版社を回らせたところ、ファゼリーと契約を結んだところは一つもないとわかったんだ」

ベアトリスはうなずいてから、淡々と言った。

「ようするに、新たな情報は何も得ていないということですね」

公爵は彼女の理解力のなさに、顔をこわばらせた。「どうも世間知らずのきみは、どんな結果にも、必ず意味があるとわかっていないようだ。いいかい。何かの存在を発見するだけが目的ではない。何もなかったことを確認することも立派な成果なんだ」

彼の尊大な様子を見ながら、ベアトリスは、自分があまのじゃくだと認めざるを得なかった。初めて会ったときは、あんなにも腹立たしく思った彼の言動が、今ではぞくぞくするほど好ましく思えるのだから。

「新たな発見は何もないと伝えるために、『アルタクセルクセス』の後半をあきらめたのですか?」

公爵は息をヒュウと吸いこみ、冷たい声で言った。「ああ、そのようだね。ではこれで失礼するとしよう」勢いよくソファから立ち上がった。

「いいえ、どうぞお帰りにならないで」ベアトリスはあわてて言った。「申し訳ありません。わたしったらばかみたい。つい素直でないことを言ってしまいました。本当は公爵さまにお目にかかれて、どれほどうれしかったことか」

彼の瞳に、喜びの光がはじけた。「本当に？」

そうなのだ。自宅の居間に誰かが入ってくるのを見て、今夜ほどうれしかったことはない。だが公爵にそれをあっさり認めたくなかったし、情けないことに、自分自身にすら認めたくなかった。

「はい。特にお聞きしたかったのは、ビーツが衣類の染料として使えるのかということです。もしそうであれば、ビーツのしぼり汁と水の割合を教えていただきたくて」

叔母さんから聞いた話だけが頼りだったため、自分の言ったことを理解してもらえるかわからなかった。からかわれたと思い、ばかにするなとむっとした顔で出ていってしまうかもしれない。

ところが彼はソファに腰を下ろすと、ビーツの使い道について話し始めた。詳しい具体例をいくつもあげたが、予想どおり、面白くもなんともない。これでは叔母さんは、さぞかし辟易(へきえき)したことだろう。だがベアトリスは、うれしくてたまらなかった。ひととおり話し終えると、公爵はにやりと笑った。

「どうかな、つまらなかっただろう？　実はね、こんな話を叔母上に長々と披露したのは、レランドの舞踏会で、彼女がきみを厳しく叱責したことへの報復だったんだ。ほら、ぼくのこの豊かな知識は、社交の場では全然歓迎されていないと、きみに教えてもらったからね。それ以外の場では、みんなぼくの博覧強記ぶりをうらやんでいると思うのだが」ますます楽しそうに続けた。「ところがきみの叔母上は、ぼくの話をとても楽しんでいるようだった。ぼくでさえ、ビーツの話題はどうかと思ったのに、彼女はすごく興味深そうに聞いていて、ぼくが答えられないような質問をつぎつぎと投げかけてきたんだよ。それでまあ、〝物知り博士〟としては知らないというわけにもいかないから、申し訳ないが、答えをでっちあげたんだ。たとえば、ビーツとニンニクを一緒に摂ると酸っぱい息が甘くなる、なんていうふうにね。悪くないだろう？　おそらく叔母上には満足してもらえたと思う」

公爵のいたずらっぽい口調と、事実を捏造（ねつぞう）したという彼らしくない話に、ベアトリスは声を上げて笑った。そんなことを面白がってやる人間とは思ってもいなかったから、彼のことがますます好ましく思えた。

「叔母さまは公爵さまのご機嫌をとっただけでしょう。あなたは社交界の華ですから。でもそれだけではありません。あなたがビーツパウダーのレシピを話している十分間、あなたと会話を深めている自分の姿を友人たちに見せつけられたのですから。それは間違いなく、彼女の社交生活で最高の瞬間だったでしょう。公爵さまは、そうした瞬間をたくさんの人にプレゼントしているのです。けれどもそれはまた、ご自分の独演会をその場の全員が喜んでいると、公爵さまが勘違いをされた原因でもあるのです」

公爵は、しばらく彼女を見つめたあとで言った。

「ミス・ハイドクレア。きみはなんて容赦のない人なんだ」

ベアトリスは思わず苦笑いした。彼女は誰に対しても、容赦をしたりしなかったりという立場にはないからだ。これまでも、これからも。孤児だった彼女は二十年間、他人の気まぐれに振り回されてきたのだから。

ベアトリスが黙っていると、公爵は続けた。

「公爵という立場にあるかぎり、何の思惑もなく近づいてくる人間はいないというんだろ。だったら、心を開いて話せる相手を見つけるにはどうしたらいいんだ？ 赤ん坊のころに戻るしかないのか？」

ベアトリスはにっこりした。「ヌニートン子爵はいいご友人のようですけど」

「ああ、それはたしかだ。そういえばヌニートンは、きみを本気で気に入っていたみたいだな」

公爵が面白くなさそうに言うのを、ベアトリスはうれしそうに聞いていたが、彼はすぐに話題を変えた。

「実は、調査の報告をするためだけにここに来たわけじゃないんだ」

「もしかして、わたしに会いたくてたまらなかったとか？」

「おやおや、ずいぶんとうぬぼれやなんだな。まあ、オペラがあまりにも退屈だったというのもある」

公爵もわかっているとおり、〝うぬぼれや〟というのは、ベアトリスには縁のない言葉だった。

「ファゼリーの事件について今後どう調査を進めるか、つまりぼくたちの次の段階を相談しにきたんだ」

〝ぼくたちの次の段階〟ですって？　なんてすてきな言葉だろう。公爵が彼女に向かってそんな言葉を使うとは。そこでベアトリスは、さっきから考えていたことを言ってみた。

「あの、ファゼリー卿と契約した出版社がわからない件ですが。契約をしたと彼がダンカン卿に言ったのは、嘘だったのでしょうか。それとも、出版社が秘密にしているのでしょうか」

ダンカン卿がうぶな見かけとは違い、とんでもなく卑劣だということには、いっさい触れなかった。ダンカン卿は女性を見下し、レディ・アバクロンビーを脅迫しても、彼女が女性であるがゆえに許されると思っている。おそらく彼の友人たちも、同じ感覚なのだろう。それどころか、富や階級に関係なく、世界中のどんな社会の男たちも同じなのではないか。もし公爵もそのひとりだとしたら、できれば知らないでいたい。

「ぼくは出版社が秘密にしているのだと思う」公爵が答えた。「ファゼリーがにおわせたような暴露本であれば、社交界にはおびえている人間が相当な数にのぼるはずだ。法的手段に訴え、出版を阻止しようとする者もいるだろう。だったら出版社としては、本が書店の店頭に並ぶまで、だんまりを決めこむはずだ。何も公爵の執事なんかに教える必要はない。いったん売り出されてしまえば、いくら出版差し止めの請求をしたところで、すぐには止められない。ますます話題を呼んで売り上げが増えるだけだ」

ベアトリスは納得し、それなら公爵のような名士ではなく、名もない人間が出版社に問い合わせればいいのではと提案した。「たとえば暴露本に載るはずもない、幼い頃に親を亡くしたひっこみじあんの娘とか」

公爵は首を振った。「いや、だめだ。ぼくが関心を持っているともうじゅうぶん印象づけてしまったから、誰が訊いても同じように疑われるだろう。何か別の方法を考えないといけないな」

ベアトリスはうなずき、考えこむように顔をしかめた。だが何をしたらいいかは、すでにわかっていた。契約書を見つければいいのだ。契約書には当事者双方の署名が必要なのだから、出版社が署名したことを明かさないのなら、もう一方を問いつめればいい。ただ今回は、そのファゼリー卿がすでにこの世にはいないため、彼のタウンハウスに忍びこんで探すしかないだろう。

うまくいけば契約書だけでなく、原稿も見つかるかもしれない。そうなれば容疑者も絞りこめて、一石二鳥ではないか。

ベアトリスはすぐにでも行動に移りたかったが、公爵が簡単に同意するわけがないのはわかっていた。危険すぎるとか無理だとか、彼女からしたら意味不明の〝紳士協定〟に反するとか言って。うーん、ここはちょっと、別の角度から攻めるしかないか。そこでベアトリスは、手をパチンとたたいて言った。

「いいことを思いつきました！　公爵さまが、すべての出版社を買いとればいいんです！」

公爵は彼女をしげしげと見たが、頭ごなしに否定することはしなかった。

「出版社を買いとるだって？」

「ええ。そうすれば、すべての出版社の契約書が手に入ります」

「イギリス全部のってことかい？　それともロンドンだけかな？」淡々とした口調なので、彼がまじめに考えているのか、それともばかにしているのかはわからない。

「ええっと、まずはロンドンから始めて、ファゼリー卿との契約書が見つからなければ、地域を広げていけばいいのでは」なんとか筋が通るように理屈をこねた。

「一気に買うのはさすがに無謀なことですから」

「それなら一社ずつ買うほうがいいだろう」公爵は、ベアトリスの〝無謀な〟提案をのんだらしい。「これはと思う出版社を買って契約書を調べ、見つからなければつぎに目をつけた出版社を買いとると。あまり効率がいいとは言えないが、安全で確実だ。うん、すばらしい提案をしてくれた。すべての出版社を買い占める覚悟でいこう」

公爵がイギリスじゅうの出版社を買いとる財力があることを、ベアトリスは少しも疑ってはいなかった。だが彼は規則や秩序を重んじる、つまり無鉄砲とは対極にある人間だから、こんないい加減な作戦を実行するはずがないともわかっていた。そもそもこの提案自体が茶番なのだから。一社の買収だけでも、会計に不正がないか、また経営戦略が健全であるかなどを確認するため、数週間、いや数ヵ月の調査が必要となる。いくら調査を進めるためとはいえ、何も知らない企業に、慎重な公爵がお金をつぎ込むはずがない。無責任なことは絶対にできないタイプなのだから。なにが〝すばらしい提案〟よ。

公爵は明らかに、彼女をからかうために、この実現不可能な計画に同意したのだ。こうなったら直球勝負で、ファゼリー卿の家に忍びこもうと提案するしかないか。

だがそのとき、公爵が含み笑いをしているのに気づき、彼にボールを渡すことにした。

「待ってください。公爵さまの作戦もお聞きしたいのですが」

「いや、ぼくは今の案でかまわないが」

「経営が健全だと確認しないかぎり、公爵さまはどこであれ、お買いにならないとわかっています」

公爵は楽しそうに彼女を見つめた。「我がマトロック家の資産を、ぼくが責任を持って管理していることを悪いことのように言わないでほしいな。だがまあ……」

彼は頭を振った。「残念だが、きみの案は時間がかかりそうだ。一気にいく方法、つまり契約書を、ファゼリーの家で探すほうがいい。彼の父親は今スコットランドにいて、息子の死を知らされたばかりだろう。だからあのタウンハウスの中は、まだそのままになっているはずだ」

ファゼリー卿の家に忍びこむということ？　この事件のために、公爵が法まで犯す覚悟だったとは。

「ただ悪いが、きみは一緒には連れて行けない」

当然だと思いながらも、ベアトリスはがっかりした。だが彼の計画を詳しく知れば、自分もなんとかして潜入する方法が見つけられるだろう。

「どんな方法を使うおつもりですか？　泥棒のように、特殊な道具で鍵を開けるのですか。それとも、裏にまわって窓ガラスを割って入るのですか？」

公爵はベアトリスの向かい側に座っていたが、まるで彼女の頭上にそびえ立つかのように見下ろし、ハンサムな顔に傲慢きわまりない笑みを浮かべた。

「いやだな。もちろん玄関から入るよ」

またご冗談を。盗人を玄関から迎え入れる家があるものですか。

「玄関からですって？」

だが彼の不敵な笑みを見れば、どうも本気らしい。

「忘れたのかい。ぼくは公爵だよ」

ああ、このセリフは前にも聞いたことがある。というより、ほとんどの問いかけに対して返ってきた答えだ。複雑な問題や予期せぬ障害にぶちあたっても、自分が重要人物であると主張することで簡単に解決したり、ひょいと飛び越えられると思っているのだ。そういえばたしか、侯爵家の跡取り息子にも、「何をするにも階級の高い者に決定権がある」と言っていたっけ。あれはとっさに出た言葉ではない。そういうものだと、日ごろから信じて疑わないのだろう。生まれたときから、そうした信念を植え付けられてきたのだ。

「たとえ公爵閣下といえども、当主が亡くなった屋敷に行って、彼の持ち物を見せろと要求することはできません」

公爵は眉をひそめた。「誰がそんなことをすると言ったんだ？　あのタウンハウスを管理する会社に、興味があると、執事のスティーブンズから連絡させるんだ。あそこは賃貸物件だから、オーナーは来月から賃料が途絶えてしまうと心配しているだろう。血統書付きのケスグレイブ公爵が借りてくれれば、そんなありがたいことはない。おそらく明日の午後には、内覧を手配してくれると思うよ」

認めるのはくやしいが、完璧な作戦だ。それなら夜陰にまぎれ、忍びこむ必要もなく、家の中を堂々と歩きまわれる。住み心地を確かめるためにあらゆるドアを開け、すべての引き出しをのぞき、どんな部屋にも胸をはって入ることができるのだ。亡くなった紳士の私物をあさり、あるのかないのかわからない契約書を探すには理想的な方法だ。

だがもしベアトリスがその案を思いついたとしても、実行するのは無理だったろう。彼女は公爵でも男でもないのだから。なんて不公平な社会なのだろう。ただ今さら憤ったところで、どうなるわけでもない。その代わり、どうやって明日の内覧に同行しようかと考えた。とりあえずは、おだててみようか。

「そんな作戦は思いもよりませんでした。あまりにも完璧で、すばらしいとしか言いようがありません。やっぱり尊敬すべきお方ですわ」

「ありがとう。どうも無理をしているような気もするが。ただぼくのことを尊敬すると認めても、恥ずかしく感じることはない。ほとんどの人間がそうだからね」

「言っておきますが、わたしが尊敬するのは、お立場を利用するという、公爵さまの抜け目がないところです」

「ありがとう」公爵はあっさり言った。「何にせよ、きみからの賞賛は、ぼくにとって何ものにもかえがたい」

「それで、わたしはこの作戦にどのように加わればよろしいのですか？」

するると公爵は、とつぜん鋭い痛みに襲われたかのように胸をおさえた。

「ああ、ようやくきみがいつになくほめてくれた理由がわかったよ。明日、ファゼリーの屋敷にくっついてくるつもりだったんだな。それはなかなか難しいと思うが、ぼくをその気にさせたいのなら、もう少し続けてみてもいい。今のところきみがほめてくれたのは、ぼくの知性と圧倒的な社会的地位だ。あとはそうだな、ぼくの美貌をほめてくれてもいいし、馬の扱いやボクシングの腕前でもいい。それに、いざとなれば自分でクラバットを結ぶこともできるんだ」

「ロンドン一のうぬぼれやというのもありますね。わたしは心から畏敬の念を抱いております」

「なんだ。きみは傲慢な男がきらいなはずなのに、まだあきらめないんだな」公爵は不思議そうな顔で言った。「本当に頑固な人だ。でもぼくは、実はそういう女性に惹かれてしまうんだ。たいていの女性は、断られそうだと感じたら、はっきり言われる前にあきらめてしまう。うん、さすがはぼくが見込んだミス・ハイドクレアだ」そこでにやりと笑った。「ほらほら、同じ手口を使わせてもらったよ。きみをおだててあきらめてもらおうとね。つまり言いたいのは、相手を説得するのに見え透いたお世辞は役に立たないということだ。お互いそろそろ、誠実に向き合おうか」

ベアトリスは素直にうなずいた。「はい。正攻法で」彼女のような女性に惹かれると公爵が言ったことで、恥ずかしいほど鼓動が速くなっていた。

「ではまず、ぼくから言わせてもらおう。きみが見学に同行するのは絶対に無理だ。ぼくがタウンハウスを借りるのに、妙齢の女性を一緒に連れていく？　あっという間に噂が広がって、きみもぼくもおしまいじゃないか」

ベアトリスはここで、二十六歳の自分はとうてい妙齢とは言えないと指摘したり、ハウスパーティのときと同様、あいかわらずご自分の保身——おかしな女とうっかり結婚するはめになりたくない——ばかりお考えなのですねと言ってやりたかった。だが今はさすがに時間の無駄だ。

「ええ。たしかに公爵さまが若い女性を連れていくのは危険だと思います。おそらく愛人か婚約者だと思われて、どちらにとっても最悪の事態となるでしょう。ですが、同行者が若い男性だったら問題はないのではありませんか」

「なにをばかな」公爵は即座に否定した。

「どうしてですか？」

「正攻法でと言ったのはきみじゃないか。本気で男装して行くつもりなのか？　そんなばかげた案を受け入れられるわけがない」

「ばかげている？　わたしはじゅうぶん男性として見てもらえるはずです。このいかつい肩を見てください」彼女は勢いよく立ち上がると、肩をそびやかした。「どうですか、男らしいでしょう？　男だったらフェンシングの選手になれたのにと、叔母によく言われています」

すると公爵も立ち上がり、ベアトリスをまっすぐ見つめた。

「きみの肩が男らしいって？　冗談だろう。とても魅力的じゃないか」

ベアトリスは目を丸くしたが、同時に飛び上がりたいほどうれしかった。あたりまえだ。なんだかんだ言っても、一応女性なのだ。だが人とつきあうのが苦手で、本だけが友だちという偏屈な人間だと思われ、二十六歳の今日まで、外見をほめてもらったことなど一度もなかった。たとえ体のどの部分でも、誰かに、それも男性にほめられて、天にも昇る心地だった。

魅力的じゃないか。魅力的じゃないか。その言葉が頭の中で繰り返されるうちに、ベアトリスは突然、彼の腕の中に身を投げ出したいという衝動に駆られた。

もしかして、この気持ちは恋なの？　だとしたら最悪じゃないの！　〝ごくごく平凡な〝ミス・ハイドクレアが、笑っちゃうほど完璧な男性に恋をするなんて。鈍くさいわたしに似つかわしいと言えば、そうかもしれないけど。

それでもベアトリスは落ち着いた声で言った。

「公爵さまったら。お互いにもうお世辞は言わないと決めたじゃありませんか」

公爵は、何か悪いことでも言ったのかというように顔をこわばらせた。

「誠実に向き合ってと言っただろう。理性的に考えてと言ってもいい」

ベアトリスは深呼吸をしてから、ソファに腰を下ろした。

「理性的に考えて。そうでしたね。では明日、理性的に考えて、執事を連れてタウンハウスを見学できない理由はないでしょう。その物件を借りることを本気で考えているなら、メモを取ったり状態を確認したりする人間が必要です。それに理性的な人間なら、あなたが執事だと紹介した人物の素性を疑うわけがありません。あなたは公爵閣下ですもの。疑ったりしたら、とんでもなく失礼な人間です」

マントルピースに腕をかけた公爵の顔に、ほんの一瞬笑みが浮かんだ。

ベアトリスは知らないふりをして続けた。

「わたしの執事の変装についてもご心配はいりません。従弟のラッセルは少し背が高いですけど、彼の服で間に合わせるつもりです。それとご存じのように〝囚われの身〟なので、わたしの姿が見えなくても、家族は誰も気にしないでしょう。この二日間部屋で読書をしていましたが、のぞいたのはフローラだけでしたから。あのときも、レディ・アバクロンビーが訪ねてきたせいでしたし」

「レディ・アバクロンビーが？」公爵はとまどって尋ねた。

だがベアトリスは脱線を避けたかったので、首を横に振った。彼女の話になると長くなってしまう。「だいじょうぶ、わたしはきちんと執事に変装していきます。家から抜け出すこともできる。調査をしたいという熱意もあるし、観察眼もあります。公爵さまだけでは見逃すかもしれないですから。ああ、誤解しないでください。二つの目より四つの目のほうがいいというだけの意味です」

「きみの言いたいことはよくわかったし、誠実さも伝わってきたよ。だがやはり、そんな乱暴な行為に賛成するわけにはいかない」

公爵が言う前から、ベアトリスは彼が絶対に譲らないことはわかっていた。今はここまで伝えておけばいい。これ以上言い争っても怒らせるだけだ。

とりあえず何か、彼の気を逸らすために別の話題を……。ああそうだ、今こそレディ・アバクロンビーの話がいい。彼女が行き遅れの娘を、社交界の華にするという。

公爵は案の定、その話を聞いておかしそうに笑った。

「なんだい、ティリーの新しいライオンくんにさせられるってことかい」

「まさにそうなんです」ベアトリスは我が意を得たりというようにうなずいた。

「だけどそんな計画、うまくいくはずがありません」

「いや、レランドの舞踏会では人気者だったじゃないか。レディ・カウパーやレディ・セフトンだったかな。きみならレディ・ジャージーにもきっと気に入られるだろう」

「あんな高貴な女性に気に入られるだなんてとんでもない。畏れ多いです」

「まあ、ぼくほど高貴とは言えないが」公爵が顎をつんと上げた。「だから大丈夫だ。きみはぼくの前では全然委縮しないじゃないか。やっぱりきみは、〝公爵閣下〟と気軽に話せるありがたみを、まだじゅうぶんわかっていないようだな」

彼の口調にわずかに不満そうなニュアンスを感じ取り、ベアトリスは声を上げて笑った。

実際、彼女は彼が何を話しても――レディ・アバクロンビーのエキゾチックな居間、ニュートンの望遠鏡、ブラックジャックで弱い手札でも勝つ方法など――ころころと笑い転げた。やがて午前零時になると、公爵はそろそろ失礼すると言い、ベアトリスはうなずいた。叔母さんたちがオペラから帰ってくるのも、もうまもなくだろう。ベアトリスはうきうきした気分で彼を玄関まで送り、訪ねてくれたことに礼を言って別れを告げた。けれども、翌日のことについてはいっさい触れなかった。だがもちろん、彼とは半日もしないうちに、再会するつもりだった。

9

ベアトリスは執事になったことがなかったので、ふだん見慣れている執事のライト氏をまねることにした。彼は二十五年以上ハイドクレア家に仕える物静かな紳士で、家族を大事にし、習慣を忠実に守る誠実な人物だ。白髪を短く刈り込み、眼鏡の奥の目をときおりすがめ、毎日背中を丸めて机に向かっている日々を過ごしてきたせいか、猫背がひどい。

もちろん、そっくりまねるわけにはいかない。白髪にするには髪粉を使うのが一般的だが、服も汚れるし、行く先々で跡が残ってしまう。猫背は肩を丸めればいいだけだが、ずっと続けるのはきつい。眼鏡は持っていないので、いろいろ考えた末、結局はライト氏の執務室からこっそり借りることにした。彼女が一階でうろうろしているのをドーソンは不審そうに見ていたが、呼び止めて理由を尋ねることまではしなかった。

当然のことだが、ドーソンは昨夜、公爵が訪ねてきたと家族たちに報告した。だが公爵閣下が行き遅れのベアトリスを訪ねてくるなどありえない、訪問者の名前を聞き間違えたのだろうと、誰ひとり信じようとしなかった。オペラの劇場で彼を見かけたせいもあるだろう。だがあまりにもみんなが確信をもって否定したことが、ベアトリスは少し悔しかった。ただ彼らが自分たちの思いこみに固執するのは、ありがたいとも言えた。公爵が訪ねてきた理由を問いつめられれば、彼女の秘密の行動がばれてしまい、田舎の屋敷に戻されてしまうからだ。

眼鏡を手に入れ、猫背の練習も終えたベアトリスは、家族たちに午後いっぱい干渉されないように、朝食のときに下準備をすることにした。昨夜の退屈なオペラについてラッセルが愚痴ったり、どれほどすばらしかったかを叔母さんがまくしたてている間、オートミールを見つめながら、大げさに泣いてみせたのだ。といっても、涙を浮かべるのは相変わらず苦手なため、結果的には盛大なしゃっくりを連発するはめになった。だがそれでも、家族たちは心配そうに訳を問いただしてきた。

「実は……昨夜のオペラ『アルタクセルクセス』は、デイヴィスさんが大好きな演目だったんです」ベアトリスはしゃくりあげながら答えた。

ミドルクラスの人間はたいてい、法律事務所の職員ごときがオペラの愛好家だと聞いたら、おどろいたり憤慨したりするものだ。だがハイドクレア家は、そういう点では進歩的だったので、特に非難することはなかった。

そして叔母さんは、ベアトリスが真正面から自分の感情を受け入れ、悲しみを爆発させたことを喜んだ。「それでいいのよ。あなたにはそうして彼の死を受け入れることが大切なの。今日は一日、部屋でゆっくり休んでいなさい。わたしたちに気を遣うことはないから」

ベアトリスは部屋にこもって変装の準備をするうち、ラッセルの部屋から靴を盗み出すのを忘れていたことに気づいた。「わたしとサイズが近いのは叔父さんのほうだけど、やっぱり叔父さんの部屋に忍び込むのは危険よね」

午後一時になると、ラッセルの部屋に入って目当ての物を見つけ、さらに帽子も拝借した。

鏡で自分の姿を入念にチェックした。頬ひげがないため、残念ながら威厳があるようには見えない。ただ猫背の姿勢は完璧だし、ラッセルの大きな靴をはいて歩く姿は不格好で、年齢をそれなりに感じさせる。それに男装の着こなしも悪くなかった。シンプルな白いシャツは彼女の広い肩幅にフィットしており、もともと貧弱な胸は厚手のさらしで押さえたため、ふくらみをまったく感じさせない。またラッセルの太ももにはぴちぴちの半ズボンは、彼女にはゆったりとして丈も長く、まるで誰かのおさがりのようだったが、それもまた老人らしさを醸し出していた。

最後に、鏡のなかの自分の顔をじっと見つめた。どこかに女性らしさを感じさせてはいないだろうか。大丈夫だ。唯一、鼻にそばかすが散っているのが気になったが、男性だって女性と同じように太陽の影響を受けるはずだ。

ベアトリスは満足して気合を入れた。よし、いざ出陣だ。ドアを開けて廊下に誰もいないことを確認し、階段を一気に駆け下りると、玄関から外に出た。慣れない靴のせいで歩きにくかったものの、数ブロック先までいくと、ようやくチェスターフィールド街が見えてきた。この通りに、ファゼリー卿の借りていた屋敷がある。二軒隣には、彼がライバル視をしていたブランメル氏のタウンハウスがあった。ブランメル氏は当代一の洒落男として知られ、〝伊達男ブランメル〟と呼ばれる貴公子だ。そのためファゼリー卿がこの場所を借りたのは、毎日彼の服装を観察し、気になる部分をあらかじめ見つけ出しておいて、パーティで指摘するためだとささやかれていた。この噂に、ファゼリー卿はもちろん憤慨した。「ばかを言うんじゃない。自分には鋭い指摘をする天賦の才があり、前もってあれこれと準備する必要などない」

ベアトリスは、赤レンガの建物が並ぶ通りの八番地まで来ると、変装にふさわしい言動を忘れないようにと自分に言い聞かせ、ゆっくりと階段をのぼっていった。息を整え、ドアを力強くノックする。すぐに気難しそうな顔の男が現れた。ファゼリー卿の執事だろう。彼が不審そうににらみつけてくると、ベアトリスは逃げ出さないよう、その場で足を踏ん張った。

「わたくしはケスグレイブ公爵の執事のライトと申します」

できる限り低い声で名乗った。男らしいとまではいかなくても、テノールとしてじゅうぶん通るはずだ。「事前にご連絡をさしあげましたが、公爵さまのタウンハウスとしてふさわしいかどうか、確認にまいりました」

せいいっぱい威厳をもって話したにもかかわらず、相手は眉をひそめた。

「公爵さまはどちらに？　直々にお出でいただくと聞いておりましたが」

「いかにもその通り!」

必要以上に力強く言ったあとで、ベアトリスは不安になった。いやだわ、めちゃくちゃ怪しそうに聞こえたかもしれない。従弟の服を借りてきたおかしな女が、叔父さんの執事のまねをしているって感じ? 彼のしかめ面をやわらげるために、ほほ笑んだほうがいいかしら。でもご機嫌を取るために笑うというのは、女性特有のしぐさのような気もするし。

しばらく沈黙が続いた。ファゼリー卿の執事は彼女をじっと見つめている。相手をすくませることにかけては天下一品、まさにロンドンの使用人の典型のようだ。

ベアトリスは勇気を振りしぼって言った。

「公爵さまもまもなく到着されます。ただ正確な時間はわかりません。わたくしが指定できるわけでもありませんから。到着されたときが到着時間ということです。ですから、公爵さまのお好みを知りつくしているこのわたくしが、事前に調査を始めておくように申しつけられたというわけです。ご存じかと思いますが、公爵さまは厳格な基準をお持ちで、細かい部分まで妥協を許さない方でいらっしゃいます。そのためきちんと時間をかけた調査が必要なのです」

〝細かい部分まで妥協を許さない〟という言葉に、ファゼリー卿の執事は納得したらしい。公爵の何事にもこだわる変人ぶりは、ロンドンの使用人たちにも広く知られているのだろう。彼は戸口の脇に寄り、ベアトリスを中へ通した。玄関ホールは広くはないが、実に優雅で、彫刻の施されたモールディングと、幅の広い板張りの床が特徴的だ。彼女は唇をすぼめ、何やら考えこむようにうなずいたり、細かい部分を確認するようにして目を細めた。そのあとで持参したノートを開き、玄関ドアの形状について、特に意味のない内容を書きこんだ。

だがその間も、執事がそばでうろうろしている。このあともずっと張り付かれたらたまらない。

「どうぞお気遣いなく。ひとりで見て回りますから。質問があれば訊きにまいりますので」執事が抗議しようと口を開いたので、彼女はすかさず言い添えた。「公爵さまが到着したら、すぐにお迎えに出ていただかないと困りますし」

彼は険しい表情はくずさなかったが、「それもそうですな」とうなずいた。

ベアトリスは感謝の気持ちを込めてほほ笑んだが、男ならこんな場面で笑みを浮かべるだろうかと心配になった。

「ばかね、いちいち心配していたら頭がおかしくなっちゃうわよ」ひとり言をつぶやきながら、まずは居間に入った。内装はとても凝った造りだが、ファゼリー卿を思わせる〝豪華絢爛〟という過剰な華やかさはない。借家人のため、自分の好みに合わせて改装するわけにはいかなかったのだろう。

つぎに向かったダイニングルームは、全体に落ち着いた色調でまとめられ、中央に置かれた重厚なテーブルは、とても大事に扱われてきたことがひと目でわかる。ベアトリスはサイドボードをしげしげとながめ、肘掛け椅子の座り心地を確かめた。たとえ執事が目を光らせていなくても、真剣に仕事をしているふりをしなければいけない。

つづいて応接間を確認したあと、階段の下に立ち、実際の執事ならつぎはどこを見るだろうと考えた。上の階の主寝室を見るだろうか、それとも下におりて、キッチンや使用人たちの部屋を調べるだろうか。

いや、ここは雇い主第一で考えるはずだ。ベアトリスは上にあがると、もっとも日当たりのいい部屋をのぞきこんだ。思ったとおり主寝室で、豪華な装飾が施されているが、壁際には、造り付けの書棚が見える。

大当たりじゃないの。

主寝室で契約書や原稿が見つかる可能性はないと思っていたのに。でも浮かれている場合ではない。念には念を入れ、引き出しをくまなくチェックした。思いがけず多くの蔵書を見つけたときには、ファゼリー卿の本の扱い方に感心した。繰り返し読んだように見えるのに、背表紙が曲がったりページが折れたりしているものはない。だが残念ながら、書類のたぐいはどこにもなかった。

クロゼットに移ると、ワードローブの量と種類に圧倒された。豊富な色や柄のウエストコート。一見似たような、でもごくわずかに異なるブーツやヒールの高い革靴。これを全部ひとりで所有していたとはびっくりだ。

そのあと隣接する居間に移動し、ライティングデスクを見た瞬間、背筋に電流が走った。この部屋になら、例の契約書がありそうだ。

キャビネットの小さな引き出しには、ペン先や封蠟(シーリングワックス)があるだけだったが、大きな引き出しの一段目を開けると、手紙の束が入っていた。一通目を開くと、すぐにラブレターだとわかった。さらに二通目、三通目と見ていくと、どれもが恋人からで、しかも差出人はぜんぶ違う女性だった。日付から判断すると、ファゼリー卿はどうやら、同時に四人の女性とつきあっていたらしい。ハンサムな男性はみんな、複数の女性と同時に交際するものなのだろうか。いや、さすがに四人は多いだろう。どの女性も彼の奥方、つまり伯爵夫人になれると期待していたはずだ。他の三人に知られないよう、密会の日程を調整していたとしたら、たいしたものだ。いや、そうじゃない。その調整に失敗したから、殺されてしまったのかもしれない。

ダンカン卿の話を聞いたときは、まもなく出版される回顧録のせいで殺されたのだと思っていた。だがベアトリスは、オトレー氏の事件から、恋人に裏切られた憎しみの炎がくすぶり続け、やがて爆発することもあると学んでいた。

オータム、ライラ、スーザン、カーラ。恋人たちの名前をメモしてから、ベアトリスは手紙を引き出しに戻した。

二段目の引き出しには、伯爵の一日の行動が詳細に記された日記が入っていた。亡くなる前日のページには、起床時間や朝食のメニューだけでなく、従僕を叱りつけた言葉まで記されている。また歯磨き粉を使って爪の手入れをしたり、育毛剤を欠かさず使っていることもわかった。従者やメイド、御者との会話まで記されていることは。外出先での記録も同様で、何を誰と話したか、詳細に書きとめてある。ヴェストの着こなしについてクレストール卿と意見が対立したとか、儀式用の短剣が近々流行するだろうとマンリー氏と盛り上がったとか。恋人とのデートの様子も記されていた。ルーシーとのディナーでは、自分が考案したクラバットの結び方をほめられたとか、その後に踊り子のスーザンと会って、ワイン三杯とシャンパンを飲んだとか。

読み物としては退屈きわまりないのだが、あるタイプの紳士の生きざまを描いた記録としては、とても興味深い。ベアトリスは腰を下ろし、じっくり目を通すことにした。亡くなった日の二日前、三日前、四日前とさかのぼって読んでいく。感心するほど、似たような内容だ。同じ時刻に起き、同じ食事をして、友人と会って話し、交際相手と過ごす。異なるのは、飲んだワインの量ぐらいだ。

オータムというレディと交際が終わった日は、宝石店で、洋ナシ形のルビーのペンダントトップがついたネックレスを買ったとある。手切れ金代わりのプレゼントらしい。笑ってしまったのは、レディ・アバクロンビーの家を訪れた際、居間のインテリアがあまりにも派手すぎて、自分の服がまったく目立たなかったと憤慨していた箇所だ。

ただ延々と同じことが書かれているのに、ベアトリスはどうしてだか目が釘付けになり、ページを繰る手が止まらないことが不思議だった。自分はこんなにのぞき見の好きな人間だっただろうか。

公爵が三十分後に現れたときも、まだ夢中になって読んでいた。

「やあ、ミス・ハイドクレア。これが理性的に考えた結果なのかな」

ベアトリスはハッと我に返り、公爵の顔を見上げた。だがこの瞬間が来ることはわかっていたので、慎重に日記を閉じて立ち上がった。

「公爵さま、わたしはあのとき嘘をついたわけではありません。執事に扮するというわたしの提案は乱暴だとおっしゃったので、議論をするのをやめただけです。乱暴でもやってみるのと、嘘をつくのはちがいますよね」

公爵はやれやれと首を振ると、彼女が持っている日記帳に手を伸ばした。

「見せてもらえるかな?」それから、最初のページを開きながら言った。「スティーブンズに謝罪するのを忘れないでくれたまえ」

「スティーブンズ?」誰のこと?　さっき玄関に出てきたファゼリー卿の執事かし

ら。

「ぼくの執事だよ。きみが彼のふりをしたせいで、困ったことになっているんだ。このタウンハウスに着いたとき、公爵の執事はすでに来ていると言われ、スティーブンズが真っ青になってね。ぼくはすぐにきみの変装だろうとピンときたから、こう言ったんだ。ぼくには執事がふたりいて、ひとりは先遣隊として先に寄こしたんだと。だがそのあとから、スティーブンズの機嫌が悪くて困っているんだよ。どうやらぼくが内緒でもうひとりの執事を雇い、しかもその男を自分より信頼して、ここに送りこんだと思ったらしい。今は厨房にいるが、そうとう憤慨していたから、このままでは、ここを出たら何を言われるかわかったもんじゃない。だから頼むよ。ぼくの執事は彼以外にはいないし、しかも心から信頼していると安心させてやってほしいんだ。もちろんこれは彼のためであって、ぼくのためではないよ。ぼくが困ったところで、きみが何とも思わないのはわかっているからね」

公爵が話した光景を思い描いて、ベアトリスはふき出してしまった。公爵は傷つけられたような顔をしてみせたが、ブルーの瞳にゆらめく光から、彼も愉快だと思っているのがわかった。

「わかりました。ご迷惑をおかけして申し訳ありません」続いて日記について説明した。「それはファゼリー卿の日記で、日常生活について細かく書かれています。おそらく回顧録を書く際、いつ誰と会ってどんな会話をしたのかを思い出すため、参考資料として使ったのでしょう。もちろん、恋人たちとの複雑な関係を把握するためにも。読めばおわかりになると思いますが、ファゼリー卿は同時に何人もの女性とつきあっていたようです。彼女たちのなかには、そうと気づいて、嫉妬の炎を燃やしていた女性もいたはずです。彼を殺す動機の一つとして考えてもいいのではないでしょうか」

「ふられた女の恨みほど怖いものはない……か」公爵がつぶやいた。

ベアトリスはうなずき、豪華なマホガニーのキャビネットを開けてみた。帳簿や衣服の領収書が詰めこまれている。ベアトリスは領収書の数字をよく見ようと、かがみこんで顔を近づけた。

嘘でしょう、オーバーコートに三百ポンドも払うなんて。舞踏会用のドレスよりも高いじゃないの。これでは、ファゼリー卿が回顧録を売ってもうけようと思ったのも無理はない。たとえ今は余裕があっても、こんな贅沢をいつまでも続けられるわけがないのだから。

ダンカン卿が言っていたように、彼と共謀し、レディ・アバクロンビーをおどしたのもうなずける。他にも、たとえば恋人のなかには既婚者もいて、受け取ったラブレターをネタに金をせびっていたのかもしれない。

ベアトリスが本棚の引き出しを開けようとすると、公爵が言った。

「この日記を読む限り、彼の外見へのこだわりはちょっと常軌を逸しているな。水面に映る自分の姿に恋をして、目をそらすことができずに死んでいくナルシスのようじゃないか」

ベアトリスは大きくうなずくと、引き出しの書類の確認に戻った。このタウンハウスの賃貸契約書と、貴族院での自分の演説の写しが入っている。ベアトリスは首を傾げた。ファゼリー卿が議会で演説ですって？　だが演説のテーマが絹への課税反対だとわかり、納得がいった。シルクの衣装の代金にも反映されるだろうから、そんな暴挙を許すわけにはいかないと思ったのだろう。

とそのとき、日記を読んでいた公爵が声を上げた。

「ああ、これは役に立ちそうだ。一月三日に、原稿を出版社に届けたと書いてある」

ベアトリスは手を止め、公爵を振り向いた。

「今から一ヵ月ほど前ですね。出版社の名前は書かれていますか？」

「いや、ただ持っていったと書いてあるだけだ。彼だったら、道順や道中何があったかまで詳しく書きそうなものだが。そのくせ、出かける前に服を選ぶのに苦労したとか、自宅に戻ったあと祝杯をあげ、シェリー酒を二杯飲んだなんてことまで書いてある」

「つまり彼がすでに回顧録を書き終え、出版社に渡したことは間違いないのですね。じゃあやっぱり、その中で暴露したスキャンダルが原因で殺された可能性が高いですね。犯人は自分の秘密が公になる日が近いと知り、殺すしかないと思ったのでしょう。原稿さえあれば、その人物が誰なのか突き止められるはずです」

「そうだな。もう少しさかのぼって読んでみよう。おそらく出版社の名前が書いてあるはずだ」

ベアトリスは引き出しに目を戻し、やがて半年前の新聞の切り抜き――ファゼリー卿の絹の課税反対の演説を好意的に報じているものだった——の下に、探していた契約書を見つけた。

「ありました」書類に目を凝らし、出版社の名前を探した。「契約の相手はシルヴァン・プレスとあります。ご存じですか?」

公爵は日記を机に置き、ベアトリスの肩越しに契約書をのぞきこんだ。

「ああ、聞いたことはある。たしか、きみの好きなゴシック系の小説を専門にしている小さなところだ。ただ今回、回顧録を出せば、新たなジャンルに食いこめる」

「その原稿をどうしても見なければ」ベアトリスはつぶやきながらも、すでに頭のなかでめまぐるしく考えていた。真っ向勝負か、それとも相手の裏をかく変化球でいくか。出版社の目的は、いつだってできるだけ多くの人に買ってもらうことだ。契約書に署名をしたシルヴァン・プレスのコーニン氏にとっては、世間で話題になればなるほどいい。『読まなきゃ損する、前代未聞の暴露本!』などとあおって派手に宣伝するだろう。

そんな本が十シリング程度で買えるとなったら、飛ぶように売れるにちがいない。

どんなに面白い小説でも、しょせんは作り話にすぎず、事実ほどにはぞくぞくさせてくれないのだから。でもどうやったら、コーニン氏から原稿を見せてもらえるだろう。地位も美貌もないミス・ハイドクレアに、はいどうぞと渡してくれるはずもないし。大英博物館の学芸員同様、女が交渉しても、はなから相手にしてもらえないだろう。このままライト氏の格好で行ってみようか。

ベアトリスがこうして思い悩んだ時間は、まったくの無駄だった。公爵があっさり言ったからだ。

「ではそろそろここは終わりにして、その出版社に向かおうか。コーニン氏はファゼリーの原稿を喜んで見せてくれるだろうから、自分たちの目で内容を確認しよう」

そ、そうだったわ。この人は、自分は全人類のなかで好感度がもっとも高い人間だと信じているんだった。

ベアトリスは今回、彼の傲慢な態度を非難するのはやめておいた。ふたりは今、同じ目的を持つ同志なのだから。

「ですが以前問い合わせたときは、そんな原稿は知らないと言われたんですよね」

単純な事実を指摘したに過ぎなかったが、彼の自尊心を刺激したようだ。

「それはぼくの代わりに、スティーブンズを送りこんだからだ。彼は公爵の代理としての権威はすべて備えているが、公爵本人の迫力は持ち合わせていないからね。ぼくがコーニン氏と直接交渉するとなると、話はまったくちがってくる。わざわざ出向いてきた公爵閣下に逆らえる人間など、どこにもいないよ」

すばらしい。こんなふうに公爵に笑顔で迫られたら、たしかに誰も断れないだろう。ベアトリスはうなずき、契約書を二つ折りにしてバッグに入れた。「では、まいりましょうか」

公爵はベアトリスを見て、そのとき初めて、彼女の服装の異様さに気づいたらしい。ぶかぶかのブリーチ、帽子の不格好なかぶり方、だらんと垂れ下がった襟。

「親愛なるライトくん、すぐに仕立て屋をクビにしたほうがいいよ。どう見ても彼はきみを軽んじているし、それ以前に、人間には品位が大事だと考えて衣服を作っているとは思えない。きみを見ているだけで、彼の傲慢さにはぞっとするよ」

ベアトリスは彼の批判を一蹴した。

「確かにセンスにかけては、わたしはあなたの足元にも及びません。いえ、そもそも自分にぴったりの衣服をそろえる余裕もありませんし。ですが、紳士に見えることはあなたも認めざるを得ないでしょう。わたしが剣を持ち、相手を雄々しく突く姿が目に浮かびませんか？　叔母が言うことで正しいことはめったにありませんが、これに関しては的を射ていると思いますね」

公爵は口元に笑みを浮かべた。「残念だが、ぼくにはきみのそんな姿はとても考えられないね」

「アンジェロの店でフェンシングの技術を習得したら、ぜひお手合わせを願いたいものです。きっとわたしの勢いに圧倒され、たじたじとなさるはずです」

「どうだろう。楽しみな気もするし、怖くて逃げだすかもしれないし」

公爵は頭を振ってから、ファゼリー卿の日記をふたたび手に取った。

怖がることはありませんとベアトリスが言おうとしたそのとき、黒いズボンとコートを着た赤毛の男が、部屋にずかずかと入ってきた。公爵を見つけると、一直線に近づいていく。

「だんなさま、厨房を見たかぎりではありますが、この屋敷を借りるなど言語道断だと言わざるを得ません。不潔で風通しが悪いうえに、設備も充分にそろっていないのです。だんなさまのような高貴な方が開く晩餐会には、とても対応できないでしょう」

「なるほど。よくわかったよ、スティーブンズ」公爵はにこやかに言った。「そろそろ帰ろうと思っていたところだ」

ところがスティーブンズは、公爵の言葉に耳を貸さず、不機嫌そうに高ぶった声で続けた。

「またおどろいたことに、ワインセラーがないのです。ボトル置き場があるだけで、これでは温度管理ができません。さらに食料の貯蔵室も非常に小さく、バークレー・スクエアの半分ほどしかありません。だんなさまがなぜこんな屋敷を見たいとおっしゃったのか――」

そこでスティーブンズはとつぜん口を閉ざし、顔を赤らめた。

ベアトリスはきょとんとした。どうしたのかしら。

どうやらスティーブンズは、自分が公爵を批判しようとしたことに気づき、あまりに礼儀を失したことで恐ろしくなったようだ。

「わたくしとしたことが、いったいどうしてしまったのか。おそらくだんなさまのお立場や条件を軽んじるような厨房を目にしてカッとなり、頭に血がのぼったのでしょう。もう二度とこのようなご無礼はいたしません。どうぞお許しください」

「スティーブンズ、何を言う。おまえはぼくの代わりに腹を立ててくれたんじゃないか」公爵は重々しい口ぶりで言った。「この屋敷を見ておまえが愕然とするのももっともだ。それをはっきり指摘してくれて、むしろ感謝している。だからこそおまえを信頼しているんだ。決断を下す際に、ぼくが参考にするのはおまえの意見だけだよ」

赤毛の執事は、公爵からほめられ、いっきに二十センチほど背が伸びたように見えた。

「おほめにあずかり恐縮でございます。だんなさまの信頼に応えるべく、これからもいっそう精進いたしますことは言うまでもございません」

互いを想うふたりの美しいやりとりにベアトリスは感銘を受けながらも、危うくクスクスと笑いそうになった。だってお芝居じゃないんだもの、ちょっと臭すぎるんじゃないかしら。彼女の気配を感じたのか、スティーブンズが振り向いた。彼は動揺していたため、このときまでベアトリスには気づかなかったようだ。彼女をにらみつけながらも、どこか勝ち誇っているように見える。

公爵も彼女に顔を向けた。「ああ、ライト。悪いがやはり、おまえはわたしには必要なさそうだ」

まるでライトという執事が実在するかのようにまじめな顔で言うので、またも笑いがこみあげてくるのを、ベアトリスは必死でこらえた。何度か呼吸を整えたあと、事前に練習した低めの声で言った。

「いいえ、とんでもございません。短い間とはいえ、公爵さまのようなご立派な方にお仕えできましたことを、大変感謝しております」

スティーブンズは、よしよしとうなずいてから言った。

「気を落とされるな。だんなさまは心のこもった推薦状を書いてくださるはずだ。だがもちろん、屋敷を調査する能力については書けるものではないな。この屋敷をひと目見て、公爵家にふさわしくないと判断できないようではどうにもならない」

「うん、おまえの言うとおりだ」公爵が笑顔で言った。「さすがスティーブンズだ」

年かさの執事は喜びを隠そうともせず、公爵をうっとりと見つめた。

「もったいないお言葉でございます、だんなさま」

ベアトリスはこれまで、社交界の人たちが公爵にぺこぺこする姿を何度も見てきた。だがスティーブンズのような使用人が公爵に見せる敬意と比べたら、それはなんと薄っぺらなものだったかと、あらためて気づかされた。

「そこでスティーブンズ、一つ頼まれてくれないかな。今すぐバークレー・スクエアの屋敷に戻って、ぼくの代わりに彼の推薦状を書いてほしいんだ。不自然でない範囲で、有能で人柄もすぐれていると書いてやってほしい」

スティーブンズは、この怪しげな執事と公爵をふたりきりにするのを嫌がっているようだった。この男がふたたび公爵に取り入って居座ろうとするのを恐れたのだろう。だがもちろん、雇い主に反論することなどできるわけがなかった。

「承知いたしました、だんなさま」

その口調は穏やかだったが、部屋を出て行く際にベアトリスに送った警告の視線は、なかなかすごみがきいていた。彼女がもし本当に職を探している執事であれば、縮みあがっただろう。ベアトリスは公爵に向き直って言った。

「公爵さまは、社交界の他の方たちとはちがうと思っていましたが、案外平気で嘘をおつきになるのですね」

「あたりまえだ」公爵はすました顔で言った。「どうもきみはよくわかっていないようだな。使用人がつねにぼくの機嫌をうかがっていると思っているようだが、実際は逆なんだ。彼らが機嫌よく働けてはじめて、屋敷内はあらゆることが円滑に回る。だからぼくはスティーブンズの機嫌を損ねぬよう、いつもびくびくしているんだよ。コックも同じだ。こんなことを言うと臆病者と思うかもしれないが、何日も不愉快な思いをするくらいなら、罪のない嘘をつくぐらい、なんでもないことだ」

ベアトリスはにっこり笑って首を振った。

「臆病者だなんてとんでもない。勇気ある方だと思いますわ」

「わかってもらえたなら結構」公爵はうなずくと、階段へ向かうよう、身振りで示した。「さて、まだぼくを小馬鹿にしたいのかな。それとも一緒に行くかい？出版社のコーニン氏のところへ」

ベアトリスは笑いながら歩き出した。

「どちらでも。公爵さまのお好きなほうで」

10

シルヴァン・プレスに着き、社長はいるかと公爵が訊くと、事務員らしき中年の男は一瞬顔をゆがめてから言った。

「申し訳ありません。コーニンは外出しており、今日は一日戻ってこないのです」

だが公爵は少しも動じることはなく、涼しい顔で言った。

「ではまた、明日来るとしよう」

事務員はあわてて言いなおした。「ああ、失礼いたしました。コーニンは今週いっぱい戻らない予定でした」

すると公爵は、またしても眉一つ動かさず、自分は来週の月曜でもちっともかまわないと言う。事務員は今度は、ぎこちない笑い声をあげた。こめかみには玉の汗がにじんでいる。

「ああ公爵閣下、どうぞお許しください。わたしはこれ以上ないほどの大馬鹿者です」額の汗をぬぐい、シャツの左の袖を何度も上げ下げする。するとそれに合わせ、腕に彫った刺青(いれずみ)が見えたり隠れたりした。

「コーニンは今月いっぱい戻らない予定でした。どうして間違えたんだろう。本当に申し訳ありません」

公爵が口を開く前に、事務員はもう勘弁してくれとでもいうように言った。

「実を言いますと、コーニンは年末までロンドンには戻らないのですが、その件は秘密にしておきたいのです。なにしろこの業界は競争が激しいものですから、人気作家と交渉中だと、他社には知られたくないものでして。ですからまた来年の一月にお越しいただけたらと思います。今のうちに日程を決めておきましょうか。もちろん、ご都合の良いときにお立ち寄りいただいてもかまいませんが」

彼はせわしなくまばたきをしながら公爵を見つめたが、すぐに目をそらした。まるで公爵が太陽のようにまばゆく、このまま見つめていたら目がくらんでしまうとでもいうようだ。だがそれも、大げさではないかもしれない。座面の破れた椅子や古ぼけた机が置かれた室内はとてもみすぼらしく、公爵の高貴な美貌がいっそう輝いて見えたからだ。

ベアトリスも公爵同様、この事務員がコーニン氏その人であると、初めから見抜いていた。ただ彼が公爵を追い払おうと嘘をついたことは卑怯ではあるが、その気持ちもよくわかった。公爵ほど高位の人間に何か追及されるはめになったら、困った状況に陥るのは間違いないからだ。残念ながら、彼の作り話はあまり上手ではなかったし、態度も不自然だったため、同情はできなかった。ばれるような嘘なら、初めからつかないほうがいい。かえって不信感を招くだけだ。

ところが公爵は、彼の下手な嘘をまったく気にしていないようだった。

「それでは社長の居場所を教えてくれたまえ。ぼくのほうからそちらへ出向くから。ああ、気にすることはない。つねに国内のあちこちで所用があるから、ちっともかまわないんだ。それにコーニン氏を訪ねるついでに、各地にある地所にも顔を出せるからね。さあ、きみの雇い主はどこにいるのか教えてくれ。お互いの時間をこれ以上無駄にしたくないだろう？」

男は公爵を見上げた。額からは汗が伝い落ち、またしても落ち着きなく袖をいじっている。それから追い詰められたような表情で玄関をちらりと見たものの、結局は観念したように首を振り、ぎこちなく笑った。

「なんとなんと。わたしはとんでもない愚か者です。どうやらひどい勘ちがいをしていたようで。社長はいるかと閣下がおっしゃったとき、てっきりわたしの父のことかと思ってしまいました。父は現在、新進作家を発掘するために地方を回っておりますが、この間まで社長を四十年以上も務め、つい最近わたしに経営権を譲ったばかりのものですから。本当にとんだ勘ちがいをしたものです。なんと謝罪申し上げたらいいものか」

ある程度筋の通った弁明を聞いて、ベアトリスはほほ笑んだ。ぎりぎりセーフというところか。もちろん、コーニン氏の父親が作家発掘の旅に出たという話は、つゆほども信じていなかった。風貌からコーニン氏が五十歳ぐらいだとすると、彼の父親は、辺鄙な地方をうろつくにはあまりにも高齢だからだ。それでもさすがは出版業界の人間、この〝おはなし〟であれば、きちんと落としどころを見つけたと言えるのではないか。

公爵も満足した様子で、彼の社長への昇格を笑顔で祝福した。

「うん、きみならお父上の信頼が厚いのもよくわかるよ。では本題に入らせてもらおう。ファゼリー伯爵ロバート・ハンソン・クレストウェルから受け取った原稿を見せてもらいたいんだ。以前ぼくの執事が問い合わせたとき、きみは知らないと言ったが、それもきっと勘ちがいだったんだろう。ファゼリーという名前の、別の男かなんかとね」

「いえ、それについては勘ちがいではありません」先ほどまでとはちがい、コーニン氏がきっぱりと答えたので、ベアトリスはびっくりした。「知らないとお答えしたのは、公爵さまはもちろん、世間が回顧録のことを忘れてくれたらと思ったからです」

「それはつまり」ベアトリスは言いかけて、あわてて低い声色に変えた。いけない。ライト氏に変装していたんだったわ。「みんなが忘れたころ、センセーショナルに売り出そうと考えていたと?」

そのとき初めて、コーニン氏はベアトリスの存在に気づいたようだった。無理もない。まばゆいばかりに輝く公爵の背後に控えていたのもあるが、ぶかぶかの、いかにも借り着という格好をして、このうらぶれた事務所にすっかり溶けこんでいたのだから。ただ今回は背筋を伸ばし、〝若い執事〟のふりをしていた。猫背を続けるのはさすがに疲れていたからだ。

「ああ、そうじゃない！」コーニン氏は、傍目にもはっきりわかるほど身震いした。「あの本は何があっても世に出してはいけないんだ！」

彼の激しい口ぶりに、ベアトリスは思わず万歳と叫びそうになった。世に出してはいけない、ようするにものすごく衝撃的な暴露本で、ファゼリー卿がそのせいで殺されたという、自分の推理が当たっていたということではないか。

「どうしてですか？」カウンターに身を乗り出して尋ねた。「内容があまりにもみだらだということでしょうか？」

コーニン氏は、気分を害したようだった。

「とんでもない。我が社はそんなことで出版をためらったりはしません。どんなに淫靡な作品でも、熱意と誇りをもって扱っておりますから」強い口調で続けた。「我が社はこれまで、非常に煽情的な作品により、高い評価を得ております。まさかこれまでのベストセラー作品を、たとえば『天下御免、男前僧侶の敵討ち』や『未亡人のあぶない復讐』、それに『悪魔も震えた！　地獄より怖いニューゲート監獄』をご存じないと？　最後の作品の著者は、実際の囚人モル・ソーニーです。どれもわたしどもの美学が詰めこまれた作品ですよ。ですがファゼリー卿の持ちこんだものは、こうした作品とは比べ物になりませんでした。まさに、〝くそ面白くない〟という言葉がぴったりでしたね」

思ってもみなかった発言にベアトリスはおどろき、その言葉の意味自体が理解できないかのように聞き返した。「くそ面白くない？」

「そう、くそ面白くない」彼は繰り返し、悲しげに頭を振った。「ひどく退屈で、読むに堪えないものだった。世間をあっと言わせるような内容との触れこみでしたが、ただ単に、毎日の習慣や興味のあることを羅列しただけのものでした。ポートワインを何杯飲んだとか、何分かけて髪を調えたとか、ヘッセン・ブーツを何回磨いたとか、そういうのが延々と書き連ねてあるんです。そんなくだらない日記のようなものを、出版するわけにはいきません。読者は絶対に怒りだすはずです！」

「お父上も――」公爵が口をはさんだ。

「父も……」コーニン氏は混乱して言いよどんだが、それは一瞬のことで、すぐに大きな声で言った。「ああそう、そうです。父は苦労して育て上げた出版社をこのわたしに託してくれました。それなのに我が社の水準をはるかに下回るあんな本を出版したら、どれほど失望することか。ただそれでも、なかなか読ませるエピソードもあることはあって、手を入れればなんとかなるとは思ったんです。ですがファゼリー卿が、自分の文章を修正しろとはなにごとかと腹を立ててしまって。わたしは自分で言うのもなんですが、経験も実力もある編集者で、多くの才能ある作家たちを世に送り出してきました。でも彼らの原稿だって、最初のうちはひどいものでしたよ。それをわたしが大きく手直しして、ベストセラーにしてきたのです。本を出版するというのは、作家と編集者の共同作業なんですよ。ところがファゼリー卿には、それがわかっていなかった。自分の作品はすでに完璧だと言いはって、別の出版社を探すから原稿を返せと言ってきたんです」

ベアトリスは、彼の言葉をさもありなんと受け止めた。ファッション・リーダーを自任するファゼリー卿は、他人の失敗を指摘してあざ笑うことに喜びを感じるいっぽう、自分の失敗は容易には認められないタイプだ。完璧ではないと言われ、冷静に受け入れるはずがない。

「それで、原稿は返したのですか？」

コーニン氏は答える前に、うしろのドアにちらりと目をやった。

「わたしは当然契約書に従い、すでに払った前払い金を返してもらえれば、すぐにでも原稿を返すと伝えました」

「だが、前払い金は返してくれなかったと」公爵が言った。

コーニン氏は唇を引き結んだが、怒りと嫌悪感は隠しようがなかった。

「はい。原稿を修正してもいいとは契約書に書かれていない、そっちが勝手なことを言い出したのだから返金する義務はないと言うのです。でも彼には大した金額ではないかもしれませんが、我が社にとっては大金だったのです」彼は上目遣いで公爵を見た。どうせ公爵にとっても大した金ではないから、笑われるだろうと思ったらしい。「だから返金もしてもらえないのに、原稿を渡すわけには絶対にいきませんでした」

「それは当然のことだ」公爵はなだめるように言った。「契約を介したビジネスなのだからね。それでファゼリーはどうしたんだ?」

コーニン氏の首筋が赤くなった。「一歩間違えばちょっとしたけんかになるところでした。原稿はこの事務所にあるんだろう、取り返してやるとファゼリー卿が叫んで、カウンターの中に入ろうとしたのを、わたしが押しとどめたんです。ただヴエストがしわになるのを彼が嫌がったので、もみ合いは一瞬のことでした。そのあと卿は乱れた服を整え、あとで弁護士を送りこむと言って、恐ろしい顔で出ていきました」

思い出しただけで動揺したのだろう、彼はまたも落ち着きなく袖をいじり始めた。ベアトリスは不安そうな彼を見ながら、今の話の日付を確かめようとした。

「それは火曜日のことですね？」自信ありげに尋ねたが、目星をつけただけだった。コーニン氏はすぐにうなずいたが、その日はファゼリー卿が殺された日だと気づいたらしく、あわてて言いなおした。

「いや、何曜日だったかははっきり覚えていません。月曜日だったかな？　手帳を見ないとなんとも」

それでも結局は観念して、火曜日のことだったと認めた。

「なるほど。それともう一つ、ここはキャサリン・ストリートですよね」ベアトリスが尋ねた。

コーニン氏はうつむいた。「ええ」

「そしてほんの一ブロック先には〈デイリー・ガゼット〉があり、ファゼリー卿はそこで殺された」ベアトリスはかみしめるように言った。

もちろんコーニン氏も、自分がとてもまずい状況にあるとわかっていた。なにしろ契約をめぐってファゼリー卿と言い争い、その直後に、彼はこの近くで殺されたのだから。

「この状況では、わたしがあの事件に関与しているのではとお考えになるのもわかります。でも契約でもめたぐらいで、人を殺すでしょうか。それにファゼリー卿は、弁護士に依頼するとのことで、つまりわたしたちは暴力ではなく、穏便に解決するつもりでいたのです。まさか彼がここを出てまもなく、自分の短剣で背中を刺されるとは、思いもしませんでした。まあとにかく、我がシルヴァン・プレスとは関係のないことです。お話ししたように、卿は帰るときは少々いらついておられましたが、弁護士をたてれば解決すると自信をもっているようでした。わたしのほうはすぐに仕事に戻りました。実はあの日、印刷にまわさなければいけない本があって、その編集に追われていたんですよ。信じられないのであれば、事務員とわたしの娘が証言してくれます。連れてきましょうか？」

ベアトリスは、ぜひそうして欲しいと思った。すでに何度も嘘をついている男の言葉を、鵜呑みにする気にはなれなかったからだ。とはいえ、ファゼリー卿の命を絶つ動機が彼にあるとも思えなかった。もし前払い金を卿から取り戻したいのであれば、生かしておくほうがいいに決まっている。殺しても何の得にもならない。

「では、そうしてもらいましょう。そのふたりは今どこに？」

「事務員のヒルは、原稿を渡しに印刷所に行っています。うちみたいなちっぽけな会社は印刷機を持つ余裕がないので、ストランド街にある印刷所と契約しているんです」声色も態度も、ずいぶん穏やかになっている。「すぐ近くですから、五分もしないで戻ってくるはずです。娘のエスターは二階にいます。わたしたち親子はこの上に住んでいるので。娘は仕事を手伝ってくれることも多いですね。じゃあ、ちょっと連れてまいりますから」

ベアトリスは、出ていこうとする彼をあわてて止めた。親子をふたりきりにするということは、口裏を合わせる機会を与えることになる。「いや、わたしが呼びにいきましょう」

するとコーニン氏は、顔をこわばらせた。ベアトリスはそのときようやく、自分は若い男性の格好をしていた、女性ではなかったと気づいた。

こういうとき、若い男は謝るものなのだろうか？

ベアトリスは従弟のラッセルを思い浮かべたが、彼の場合は、自分の非を認めることはほとんどない。でもやっぱり、若い女性とふたりきりになろうとした非礼を謝ったほうがいいのではないか。

公爵は彼女が困っているのを面白がって見ていたが、しばらくして、カウンターのそばの壁に付いたベルを指さした。「あのベルを鳴らせば、お嬢さんはおりてきてくれるのではないかな」

「ああ、そうでした」コーニン氏はベルまで足をひきずっていき、コードを引っ張った。「よくお気づきで」

「待っている間に、短剣のことを教えてほしい」公爵が言った。

コーニン氏はおどろいた顔で公爵を見ると、不審そうに聞き返した。

「短剣、ですか？」

「ファゼリーが自分の短剣で刺されたと先ほど言っていたが、そんなことは新聞に書いてあったかな。どんな短剣だったのか、詳しそうじゃないか」

コーニン氏の言葉を聞き流していたベアトリスは、公爵の鋭さに感心してつぶやいた。「公爵さま、お見事でございます」

公爵はコーニン氏に目を向けたままだったが、彼女の言葉が聞こえたようで、唇をぴくりと動かした。

「いや、それはですね」コーニン氏の唇の上には汗が浮かんでいる。「刺された短剣の柄がヒスイだったと耳にしたものですから。実はファゼリー卿がここにいらしたとき、ヒスイの短剣を腰に差していらしたんです。そのせいで、ご自分の短剣で刺されたのかと思った次第で」

ああ、そういうことなの。ベアトリスはコーニン氏を気の毒に思った。不安になったせいで挙動不審になり、かえって犯人らしく見えてしまったのだろう。

「ファゼリーが差していた短剣の柄も、やはりヒスイだったと？」公爵が尋ねた。

コーニン氏は勢いよくうなずいた。「はい。馬の頭のような形に彫られていて、とても手の込んだものでした。とにかくごてごてとして……あっ、いや、華やかで目立っていました。それに紳士が短剣を装飾品として身に着けているのは珍しいですから、とてもお似合いですと申し上げました。あの方はほめられるのがお好きですからね。もちろん、無理してお世辞を言ったわけではありません」あわてて付け加えた。「彼のセンスには、心から感服していたんです。作家としては、読者の興味をそそるようなセンスはありませんがね。ですがそのあとすぐ、前払い金の件でもめて、お帰りになったんです」

話としては筋がとおっているし、話ぶりにもうしろめたそうな感じはない。それでもベアトリスは、これまで彼が何回も嘘をついていたのが気になって尋ねた。

「なるほど。だがもしきみの言うとおりなら、わたしたちがここに来たとき、なぜ社長はいないとしつこく言い張ったんです？　隠し事のない人間だったら、あそこまではしないでしょう」

「それは、わたしも身の危険を感じていたからです」コーニン氏はすぐに答えた。どういうこと？　ベアトリスは眉をひそめ、公爵をちらりと見た。彼ならコーニン氏の言う意味を理解したのではと思ったのだ。

疑われていると感じたのか、コーニン氏はあせったように説明した。

「犯人がファゼリー卿を殺害した動機はまだわかっておりません。出版をやめさせるためだった可能性も十分にあります。卿は前評判を高めるためか、ものすごいスキャンダルが書かれていると噂を流していました。ですから、自分の秘密が暴露されるのではと、恐れていた人たちは少なくないはずです。そもそもわたしが契約したのは、そうしたおどろくべきエピソードをたくさん書くと、卿が約束したからなのです。それがまさか、〝おどろくほど面白くないエピソード〟を書くおつもりだったとは。とはいえ、そのことはあの原稿を見たわたし以外の誰も知りません。だから犯人がつかまらない限り、原稿を持っていると知られたくなかった。わたしの命も危険ですから」

「お父さま!」女性らしいやわらかな声がひびいた。「命が狙われているなんて、ひと言も言わなかったじゃないの!」

部屋の奥のドアが開いており、アーモンド形の目をした可愛らしい娘がコーニン氏を見つめている。まだ若い。フローラより少し上に見えるから、せいぜい二十一か二といったところか。背が高く、飾りけのないドレスによく映える豊かな体形をしている。オトレー氏の娘のエミリーのような、これ見よがしの美しさではないが、つい振り返りたくなるような美人だ。

「心配させたくなかったんだ」コーニン氏は娘をなだめるように言ったあと、ベアトリスをにらみつけた。大事な娘を苦しめたのは彼女のせいだとでも言わんばかりだ。「もちろん、取り越し苦労かもしれないよ。それでも気をつけるに越したことはないだろう。まあ、くよくよしてもしかたがない。さあ、こっちへおいで。公爵閣下にご紹介しなければ」

コーニン氏の娘は、公爵を見て目を見開いた。ファゼリー卿を含め、この出版社にも立派な紳士たちが出入りしているだろう。だが彼らよりもはるかにゴージャスな公爵を見て、呆然としているようだ。その対象が自分でもないくせに、ベアトリスは誇らしくてたまらなかった。うふふ。ファッション・リーダーだかなんだか知らないけど、ファゼリー卿なんか、公爵の足元にも及ばないのだわ。

ミス・コーニンは、本が山のように積まれた机の間をすりぬけ、カウンターまでやって来た。それから公爵に向かって片膝を折ってお辞儀をしたあと、ベアトリスに目を向けた。瞳の色はおどろくほど深い緑だ。

「お目にかかれて光栄です、ライトさん」ミス・コーニンが穏やかな声で言った。ベアトリスも、従弟のラッセルのお辞儀をまねて挨拶をしたが、顔をあげようとして、彼女のネックレスに目を奪われた。小粒の真珠に囲まれた、洋ナシ形の真っ赤なペンダントトップ。どうしてだろう。はじめて見るはずなのに、なんだか記憶にあるような……。フローラが同じようなデザインのを持っていたのかしら。それともヴェラ叔母さんが？　ハイドクレア家の人間はしみったれ……ではなくて良識があるから、贅沢な宝飾品にお金をつぎこむことはない。それでもレランドの舞踏会のような特別の日には、金庫から出してきたエメラルドのネックレスをつけていたし。

ベアトリスは記憶をたどるのに必死だったので、大きな声で呼ばれるまで、事務員のヒル青年に紹介されたことに気づかなかった。そして彼の瞳が怒りに燃えているのを見て、ようやく自分の恥ずかしい行為に気づいた。おそらく、ミス・コーニンの胸元を食い入るように見つめているいやらしい男に見えたのだろう。

実際、誰もがみとれずにはいられないほどの豊かな胸元だったので、ベアトリスは恥ずかしさに頰を赤らめた。男性の身なりをしていると、思わぬ落とし穴があるものだ。

ありがたいことにコーニン氏は、公爵の執事が娘の貞操をおびやかすとは思わなかったらしく、ヒル青年がどういう仕事をしているのか説明を始めた。ベアトリスはその間に落ち着きを取り戻したが、公爵のほうはちらりとも見なかった。おそらくすました顔をしているだろうが、青い瞳は愉快そうにきらめいているに決まっている。

「ヒルは我が社にとってなくてはならない存在です。どんなに細かいミスでも見落とすことはありません」コーニン氏が話している。「わたしは社長兼編集長でもありますから、資金のことばかり気にしているわけではないんです。うちで出版する本が良識あるものだというのはもちろん、とにかく読者を楽しませたいという責任を負っているわけで。筋書きやテーマだけでなく、世の中に驚きを与えたり、問題を喚起できる作品でなければと常に考えております。ただそのせいで、細部にまで目がいきわたらないこともあるんですよ。でもヒルは一文字一文字に目を通し、スペルの間違いや文字抜けがないかを丁寧に確認してくれる。彼がいなくてはどうにもなりませんね。印刷所との交渉もすべてやってくれるので、わたしは面白くて内容の濃い作品を生み出す余裕があるというわけです」

日焼けしたたくましい若者はうれしそうにコーニン氏に頭を下げたが、続いてミス・コーニンが同じように彼をほめると、今度は顔を真っ赤にした。それでも公爵にきちんと挨拶をした。

「コーニンさんにもお嬢さんにもいつも感謝しています。ただ公爵閣下は、わたしのことなんかより聞きたいことがおありになるのでしょう。どうぞお話を進めてください」

「ああ、おまえの言うとおりだ」コーニン氏が言った。「公爵閣下がわざわざお出でになったのは、ファゼリー卿の原稿の件なんだ」

殺された紳士の話だと知って、ミス・コーニンの顔は真っ青になり、ぶるぶると震えだした。ヒル青年が心配そうに彼女を見つめたが、ミス・コーニンはひどく動揺しており、まったく気づいていないようだ。

「閣下、どうぞ娘をお許しください」コーニン氏は悲しそうに首を振った。「ファゼリー卿が殺害されたと知って、とてもショックを受けているのです。知っている方がそんなふうに新聞に載ることなど、なかったものですから」

「あの、ミス・コーニン。ファゼリー卿を最後に見たのは、彼が殺害された火曜日でしょうか」ベアトリスが口をはさんだ。

するとヒル青年はまたしてもベアトリスをにらみつけながら、ミス・コーニンの代わりに答えた。無神経な質問をする男だと思ったらしい。

「はい、そうです。わたしも同じです。あの日ファゼリー卿は、コーニンさんとある案件について話したあと、わたしたち三人に軽く会釈をして出ていかれました」

ベアトリスは彼の慎重な言葉選びに感心したが、自分はそこまで慎重にいくつもりはなかった。「それはちょっと、ちがうのではないですか？」

ヒル青年は彼女の強い口調にたじろぎ、しぶしぶ認めた。

「実を言うと、出ていくときのファゼリー卿の態度は、あまりほめられたものではありませんでした。無礼といってもいい。女性がいる場ではけっして許されない、下品なジェスチャーをしたんです。まあ、わたしごときが高貴な方々のマナーを非難すべきではありませんが」

すぐにミス・コーニンが続けた。「卿はとにかく、ひどく怒っていらしたんです。父と仕事上の問題で意見の食いちがいがあり、伯爵であるご自分への敬意が足りないと思われたようで。卿が出ていかれたあと、しばらく気まずい時間が続きました。三人とも迷っていたんです。追いかけていってなだめるべきではないかと。でも結局はそうしませんでした。今日は忙しいぞと父が言ったのを合図に、みんなそれぞれの仕事に戻りました。ねえヒルさん、あの日はたしか、ハリソンさんの原稿を印刷所に持っていく日じゃなかった？　だからすごく忙しかったのよね」

ヒル青年は無言でうなずき、公爵の表情をうかがった。彼がふたりの説明に納得したか気になったのだろう。彼らの言うのが本当なら、ファゼリー卿が出ていったあと、事務所で仕事を続けたとコーニン氏が言ったのは嘘ではない。

公爵はうなずき、原稿を譲ってもらえれば、もう仕事に戻ってもらって構わないと告げた。

「当然、それ相応の金額は払わせてもらうよ」コーニン氏が文句をつける前に、公爵は付け加えた。「もともとの契約の条件、つまりきみが買い取る予定だった金額でどうだろう」

ファゼリー卿の原稿に金を払ってもらえるとは思っていなかったコーニン氏は、満面の笑みを浮かべた。

「いや、それは願ってもないことです。ただ念を押しておきますが、くれぐれも期待なさらぬよう。先ほどもお話ししましたように、世間に衝撃を与える内容だなんてとんでもない、本当に退屈きわまりないものなんです。こんな本を出版したら、金銭面での損害だけでなく、我が社の評判も地に落ちるところでしたよ」

すると公爵は言った。「心配は無用だ。衝撃的という点では、ここの右に出る出版社はないだろう。あの奇怪なゴシック小説を出しているミネルヴァ出版とは、比べ物にならない」

ベアトリスが顔をしかめる横で、コーニン氏の顔がぱっと輝いた。

「なんとありがたいお言葉で。それではさっそく原稿を取ってまいります。ただ少しお待ちいただかなければなりません。用心のために自宅の、二階のわたしの部屋にしまってあるもので」

コーニン氏が小走りで階段を上がっていくと、ミス・コーニンは飲み物すら出していなかったことを来客に謝った。

「ベルで呼ばれたときにおふたりがいらっしゃるとわかっていたら、紅茶とビスケットをお持ちしましたのに。こんな小さな出版社ですが、お客さまを暖かくお迎えするように心掛けているんです」

「お嬢さんの気持ちはじゅうぶん伝わっていますよ」ヒル青年が間髪を容れずに言い、その熱の入れようから、ベアトリスは気づいた。彼はミス・コーニンに、想いを寄せているのだ。

ただミス・コーニンは彼の熱い想いに気づかないのか、こんなおかしな状況でも、なんとかして公爵をもてなそうと考えているようだった。だが座ってもらうように勧めたくても、今にも壊れそうながたついた椅子しかない。

「やっぱりお立ちのままお待ちいただくほうが、安全かもしれません。ヒルさん、あの話をしてくれない？」

ミス・コーニンのためならと思ったのか、ヒル青年は自分の失敗談を語った。一ヵ月ほど前、勢いよく腰を下ろしたとたん、椅子の脚がはずれて尻もちをつき、太ももの裏と男の沽券に傷を負ったという。他愛もない話だが、公爵は楽しそうにうなずきながら聞いている。ベアトリスはとまどいを隠せずに彼を見つめた。びっくりだわ。尊大な公爵が、こんな思いやりのある対応もできるなんて。視線に気づいたのか、公爵は彼女を見てまばたきをした。彼自身も自分にとまどっているようだ。

ベアトリスは見つめていたことがばれて恥ずかしくなり、あわててミス・コーニンのほうを向くと、彼女の胸元で輝く赤い宝石に視線を移した。

「すてきなネックレスですね」そう言いながら、もっとよく見ようと近づいていった。親指の爪の二倍ほどもある石は、ルビーのような澄んだ輝きを放っている。けれどもちっぽけな出版社の娘が、そんな高価な宝石を買えるわけがない。「ガーネットですか？」

ミス・コーニンは口元にかすかな笑みを浮かべ、ベアトリスのほうを向いた。公爵と同様、おんぼろ椅子のせいでとんだ災難にあったヒル青年の話を楽しんでいたのだろう。

「え？　ああ、そうです。ガーネットを囲む小粒の真珠がかわいらしくて気に入っています」

たしかに真珠も魅力的だが、ガーネットの輝きがとにかくすばらしい。多数の切子面（ファセット）を持たせ、光の屈折で内部から輝いているように見えるからだろう。ベアトリスは思わずそのペンダントを手に取って顔を近づけた。

その瞬間、あたりが静まり返った。

え、なに？　ベアトリスが顔を上げると、すぐ目の前にヒル青年が立ち、恐ろしい顔で彼女をにらみつけている。

あ、しまった！

いま自分は男であり、未婚の若い女性の胸元をじろじろ見てはいけないことを、またしても忘れていたのだ。

ああ、ちがう。未婚でなくても若くなくても、女性であれば誰でも。

ベアトリアスは、やけどでもしたかのようにペンダントから手を放すと、あまりの美しさについ我を忘れてしまったと謝った。もちろんネックレスのことを言ったのだが、ヒル青年はいっそう激しくにらみつけてきた。ミス・コーニンの気を引こうとしたと思ったのだろう。

なによ。もしミス・コーニンにちょっかいを出すにしても、こんな下品なやり方はしないわ。まがりなりにも、公爵閣下の執事なんだから。若造にひと言いってやろうとベアトリスが口を開きかけたとき、コーニン氏がファゼリー卿の原稿を手に戻ってきた。他にも数冊の本を抱えている。

「こちらの本もぜひお持ちください。我が社のベストセラーです。ファゼリー卿の回顧録にうんざりしたときにでも、よろしければ」

公爵の気にさわったかと、あわてて付け足した。

「もちろん無理にとは申しません。ただもし興味がおありでしたら、まずは『悪魔の契約』をおすすめいたします。謎めいた黒ずくめの男、おどろおどろしい古城、冷酷な継父と無理やり結婚させられた美女など、我が社で一番人気のある要素がもれなく入っている作品です」

公爵はにっこりほほ笑み、約束の金額を至急届けさせると伝えたあと、コーニン氏の心遣いに礼を言った。

するとコーニン氏は公爵の言葉に恐縮しながら、抱えていた本をベアトリスに差し出した。

えっ、わたしがこれを？　どういうことよ。か弱い女性にこんな重い物を持たせるつもり？　そこでハッと気づいた。今の自分は男であるばかりでなく、公爵閣下のしもべだった。この本を運ぶのは当然彼女しかいない。

そこでしかたなく受け取ると、その重さに両腕をふるわせながら、公爵がコーニン氏と話し終わるのをじっと待ち続けた。彼は上機嫌で、『悪魔の契約』をすぐにでも読ませてもらうと話している。

コーニン氏はまたもや感激し、その勢いでおそろしく大胆な提案をした。

「もし公爵さまが回顧録を書くおつもりになったら、ぜひともご連絡ください。崇高なる公爵さまのためでしたら、〝どろどろの愛憎劇＆ぞわぞわの恐怖〟という我が社のキャッチフレーズを変えてでも、格調高い作品に仕上げますから」

するとと公爵は、わざとらしく胸に手をあてた。

「それはありがたい申し出だな。心に留めておこう」それから皮肉っぽく付け加えた。「そうそう、旅先にあるお父上の無事も祈っているよ。こんなすばらしい出版社に育てた息子のことが、さぞ自慢だろうね」

「おじいさまが旅に？」ミス・コーニンがきょとんとした顔で言った。

コーニン氏はあわてて娘を見やると、その場をとりつくろおうと早口で話し始めた。「そうなんだ、新しい作家を探すために地方を回っていてね。本来ならわたしがすべきことなんだが、ほら、ロンドンから一歩も出たことがないほど出不精なもんだから」またもシャツの袖をいじりながら、勘弁してほしいとばかりに公爵に笑いかけた。「父には、公爵さまのあたたかいお言葉を伝えておきます」

外に出てキャサリン・ストリートの明るい日差しを浴びるなり、ベアトリスは言った。

「コーニンさんがお気の毒です。あんなふうにからかわれて。それにしてもあんなに嘘が下手な人は見たことがありません。嘘をつくたびにシャツの袖をいじくりますから、ほつれるんじゃないかと心配しました。ウミガメの刺青が見えて、ちょっと怖かったですし」

「ほら」公爵は彼女が抱えている本に手を伸ばした。「ぼくが持とう」

ベアトリスは軽やかに身をかわし、たしなめるように言った。

「いけません。周りから見たらどう思われることか。公爵さまがゴシック小説をかかえてよたよた歩いているのに、そのうしろで使用人が手ぶらで歩いている。あなたの管理能力を問われる由々しき問題として、大騒ぎになるでしょう。わたしとしては、そのような下劣な憶測にあなたをさらすことは絶対にできません。それにここはストランド街に近いから、新聞社の人間だっているでしょう。そんなみっともない記事が明日の新聞に載ったらどうなさるんです」

「あのねえ、ミス・ハイドクレア。公爵であることがどういう意味をもつか、きみはやはりわかっていないんだな。いいかい。ぼくが自分でゴシック小説を抱え、使用人を手ぶらで歩かせた瞬間から、それがロンドンの流行となるんだ。今週末には、従僕の代わりに侯爵が荷物を持ち、執事のために伯爵がドアを開ける光景が見られるはずだよ」

公爵はもちろん彼女をからかっているのだが、全部が全部嘘ではなかった。

つまりベアトリスは、〝公爵であること〟の意味をまったくわかっていないのだ。ただそれは公爵のふるまいにも原因があった。以前に比べ、彼には〝公爵閣下らしさ〟がほとんど感じられないからだ。初めて出会ったときのあの尊大な公爵が、出版社で働く若い男の失敗談を楽しそうに聞く姿を、誰が想像しただろう。あまりの変わりように、彼女はあらためておどろいていた。彼は本当に変わったのだろうか。それともそれが本来の姿であり、彼女が気づいていなかっただけなのだろうか。

ベアトリスはその疑問に気を取られ、ストランド地区に着いてようやく、ファゼリー卿の最後の足取りをたどっていたことに気づいた。角を曲がったところで、街並みをゆっくりと見渡す。〈デイリー・ガゼット〉や〈デイリー・アドバタイザー〉、〈ザ・ワールドニュース〉などの新聞社の他に、新古典主義建築のサマセット・ハウスも見える。

ベアトリスはふと考えた。あのときファゼリー卿は、〈ガゼット〉に向かっていたのだろうか。コーニン氏と口論して、契約違反をされたことを記事にしてもらおうと？　まさか。いくらなんでも、そんな話がとりあってもらえないことぐらいわかるだろう。となると、背中を刺されたあと、よろめきながら何歩か進んで、たまたま〈ガゼット〉の戸口で倒れたのではないか。ベアトリスはあたりを見回した。〈ガゼット〉の向かい側にはサマセット・ハウスがある。この壮大な建物には、海軍省などの行政機関の他、ロイヤル・アカデミー・オブ・アーツ、ロンドン古美術品組合などが入っている。

ファゼリー卿が海軍省？　あまり関係はなさそうだ。ロイヤルアカデミーの夏の美術展はまだ先だから、残るは古美術品組合か。儀式用の短剣を身に着けた男の行き先としてはおかしくない。おそらく彼は、例のヒスイの短剣を査定してもらうか、自分の腰にぴったりおさまるような剣でも探しに行ったのだろう。

うん、彼の行動がだんだんわかってきたわ。ようするにサマセット・ハウスに向かう途中、うしろから、たぶんこのあたりで声をかけられて……。ベアトリスは、〈デイリー・ガゼット〉の入り口から一メートルほどの場所で立ち止まった。

するとその瞬間、うしろから誰かが激しくぶつかってきた。振り向くと、茶色の帽子をかぶった男が、いきなり立ち止まった彼女をにらみつけている。しまったと思う間もなく、今度は前から背の高い男がぶつかってきた。さすがは大都会ロンドンだ。人通りの多いところでぼやぼやしていたら当然……ああ、そうか。こんな場所だったら、ファゼリー卿の背後からいきなり短剣を突き刺したとしても、誰にも気づかれなかっただろう。大勢の人がごった返すなか、完全に刃が差し込まれるまで、ファゼリー卿は何が起きたかわからなかったにちがいない。そして異変に気づいたころには、犯人は人ごみにまぎれて逃げてしまった……。

ロンドンの街中は、殺人を犯すにはなんてうってつけの場所なんだろう。すぐそばに何十人もの人間がいても、誰も犯行には気づかない。被害者本人ですら。

あっ、だけど。ベアトリスは眉をひそめた。ファゼリー卿は、自分の腰に差していた短剣で襲われたのだ。犯人が背後から近づいたというのはありえない。短剣を奪うには、彼の正面に回らなければいけないからだ。

「ほら、こっちへ」公爵がベアトリスの肘をつかみ、歩道の端にひっぱっていった。

だが人ごみから抜け出した彼女の肩に、またもや誰かがぶつかってきた。

「ぼけっと突っ立ってんじゃないよ」老人がどなった。

ベアトリスはむっとして、何か言い返そうと振り返った。するとその瞬間、抱えていた本の山がくずれ、原稿の束と一緒に地面にばらまかれてしまった。一冊だけは拾い上げたものの、ふと見ると、原稿が何枚か、束ねてあった紐から抜け落ち、風に乗って飛ばされていく。大変だわ！　ベアトリスは真っ青になり、これ以上の被害を防ごうと、原稿の束の上に思いきって身体を投げ出した。着地の瞬間、地面についた右肘に激しい痛みが走る。いっぽう公爵は、飛んでいった原稿を追いかけ、人ごみのなかを走っていく。ベアトリスはその様子を目で追いながら、ズボンの下から原稿を取り出すと、胸にしっかりと抱きしめた。だがその間も、歩道を行き交う人たちに蹴られたり舌打ちされたりで、思わず涙がこみあげてくる。それでも肘の痛みをこらえながら、地面に散らばった残りの本を拾おうとした。とそのとき、とつぜん右目の上に、続いて左目の上にも激痛が走った。

何者かに殴られたのだ。

11

目の前が真っ暗になってその場にたおれこむと、男が馬乗りになってベアトリアスの首に手を回し、おどすようにささやいた。「これ以上、近づくな」それからもう一度彼女の顔を殴り、すばやく走り去っていった。

ベアトリスは原稿を抱えたまま、その場に横たわっていた。痛みも激しかったが、それよりも、直接の暴力を加えられたことに呆然としていた。そうか。ここはファゼリー卿が亡くなった場所から、数メートルしか離れていない。犯人が現場に戻って来たのだろう。

そこまでは考えられたが、助けを求めようとか、公爵を呼ぼうとか、落ちた本を拾おうだとかは、とても考えられなかった。もちろん、犯人を追いかけようだなんてとんでもない。

とにかく痛くてたまらなかった。顔の痛みは想像を絶するものだった。視界が半分ほどになっていたから、目の上が腫れあがっているのは、鏡を見なくてもわかる。喉も痛かった。首を絞められたのはほんの一瞬だったが、窒息するとはどういうものかを知るには十分だった。

これ以上、近づくな。

そのおどし文句が、呪文のように耳の奥でこだましている。けれども、ふと気づいた。近づくなって、いったい何に？

シルヴァン・プレス？

いや、それはおかしい。シルヴァン・プレスから遠ざけたいのは、ファゼリー卿の原稿があるからだろう。でもその原稿は、まだ彼女の腕の中にある。ということは、犯人はこの原稿を奪うために彼女を襲ったわけではない。

そのとき誰かが、彼女の太ももを蹴りあげた。

「道の真ん中に寝そべっているんじゃねえよ！」

そうだ、起き上がらなくちゃ。

けれども、顔面の痛みがおさまらない。

ほら、ベアトリス。がんばって動くのよ。

また誰かに蹴とばされないうちにと、歩道脇の建物に向かって、ごろごろと転がっていく。あと少しだ。もう一回転すればたどりつく。そうしたら壁に寄りかかって……。だけど、頭が上がりそうもない。

もう少し、このままでいよう。あと、ほんの少しだけ……。

「なんてことだ！」公爵が叫び、膝をついてベアトリスの上半身を抱きあげた。彼女の傷の具合を確かめているようだ。

残念だわ。自分でもばかみたいだと思いながら、ベアトリスは悔しかった。公爵は今どんな顔をしているのかしら。目の上が腫れているせいで、公爵の姿は単なる影にしか見えない。本当に残念。彼がおろおろする様子を見られるチャンスは、もう二度とないかもしれないのに。

公爵が彼女の身体を少しずつずらし、レンガの壁に寄りかからせた。

「ゆっくりでいい。傷にひびかないように」やさしい声だった。「ほら、気をつけて」

ベアトリスは深いため息をついた。彼の気遣いはありがたかったが、どんなにそっともたれても、頭にズキンと激しい痛みが走ったからだ。

「犯人は、わたしたちの調査を阻止しようとしています」小さな声で言ってから、そっと目を閉じた。「原稿は全部見つかりましたか。残りの原稿を守るのに必死で、公爵さまを見失ってしまいました」

「ああ、全部取り戻したよ。馬が一枚踏みつけていたせいで、こんなに時間がかかってしまった。すまなかった」悔しそうな声だった。「とにかく、ここから離れないと」

ベアトリスは動きたくなかった。痛みが激しく、世間体など気にしていられなかった。けれども、公爵が公爵であるかぎり、そういうわけにはいかないこともわかっていた。

「そんなことをしたら、また新たな流行が生まれてしまうのでは？　さらに評判を高めたいと考えていらっしゃるのはわかりますが、さすがにどうなんでしょう。侯爵が従僕の傷ついた頭を抱きかかえたり、伯爵が執事の傷口に薬を塗るとか、そういうのは」

「ああ、ミス・ハイドクレア。きみはやっぱり、まだよくわかっていないんだな。

ぼくはね、もうこれ以上評判を高める必要はないんだ。ぼくより人気のある人間はいないのだから」公爵はベアトリスの顔をのぞきこんだ。「つまり、きみのためを思って言っているんだ。急いで冷やさないと、顔の打撲はもっと腫れあがる。プロボクサーと何度も試合をした人間からの忠告は素直に聞いたほうがいい。ただ少しだけ待ってくれ。誰かをつかまえて、御者のジェンキンスに居場所を教えにやらせるから」

公爵はひとりの少年に近づいていき、指示を出して小銭を渡している。ベアトリスは不安になった。公爵は彼女をどこへ連れていくつもりだろう。少年が何度もうなずいて駆け出していくと、公爵は彼女の横のざらついた歩道に腰を下ろした。

ベアトリスは、彼の上質な服が汚れるのが気になったが、口にはせず、打撲治療の専門家を自称する彼に尋ねた。「この腫れが完全にひくような湿布はありますか。できれば四時までに」

「ないな」公爵は即座に否定した。「それにたとえ魔法の湿布で腫れがひいたとしても、きみが今日の午後を、平穏無事に過ごしたとは誰も思わないだろう。ひと目見ただけで、暴力沙汰に巻きこまれたとわかる。顔のあちこちが紫色に変わっているし、唇も派手に切れている」

ベアトリスだって、今日の出来事が、すべて家族にばれてしまうことぐらいわかっていた。叔父さんや叔母さんは当然、姪っ子がひどい傷を負ったことに心を痛めるだろう。だが同時に、なぜそんな目にあったのかを知ったら、責任はぜんぶ彼女にあると考えるはずだ。彼女自身は、一発も殴り返していないのに。

でもまあ、いいか。自分の力では変えられないことをくよくよ考えてもしかたがない。そうだ、これまでだって、ずっとそうやって生きてきたではないか。そのときふと、公爵の言った〝暴力沙汰〟という言葉を思い出し、これまでの自分とはまったくかけ離れた、その乱暴なイメージがとても気に入った。

「つまりわたしは、暴力的な女ということでしょうか？」口元にうっすらと笑みが浮かんだ。

「そうだね。今回の件と、あのハウスパーティで古い小屋から脱出したときのことを考えれば、そう呼んでもちっともおかしくないと思う。だがぼくは、きみが喜びそうな呼び名を考えるよりも、この事件から手を引くようにときみを説得したい。いったいなぜこんな目にあっても、犯人を見つけようとするんだ？　得することなど何もないじゃないか」

「あら公爵さま、いい質問ですね」軽い口調で言ったが、公爵の真剣さにとまどっていた。「なんだかヴェラ叔母さまみたい。そのうちわたしに、顔色が悪いから、頬をつねって赤みを出すようにとおっしゃるのではありませんか」

「ミス・ハイドクレア。冗談を言っている場合じゃないだろう」公爵は苦い顔で言った。「だいたい今頬をつねったら、飛び上がるほど痛いはずだ」

「ご忠告いただき、恐縮でございます」ベアトリスはほほ笑んだが、その瞬間唇に痛みが走り、どれほどひどい傷なのかと想像してぞっとした。

「それともう一つ。ぼくは別に、殺人事件に首をつっこむ女性の誰にでもその理由を尋ねるわけではない。それをはぐらかされるとは、実に残念だ。きちんと向き合ってくれるだけの分別が、きみにはあるはずだが」

公爵の口調はやわらかかったが、真剣そのものだった。殺人犯を探したがる女性をそんなにたくさん知っているのか――ベアトリスはまたそんなふうにからかうつもりでいたが、彼のまっすぐな思いに触れ、正直に答えなくてはと感じた。なんだかとても不思議だ。絶え間なく馬車が行きかうロンドンのにぎやかな通りにいるというのに、こうして公爵と一緒に座っていると、周りには誰もいないような、まるで静かな居間でふたりきりで話しているような気がする。

「わたしが犯人を見つけようとするのは、正義が為されるのを見届けたいから、と言いたいところですが、本当はそんな立派な志からではありません」ベアトリスは考え考え、話し始めた。「何か難しいことに挑戦して自分の能力を試したい、そういう自分勝手な理由からなんです」わずかに姿勢を変え、公爵の端整な横顔を見つめた。「わたしは内気な性格のぱっとしない娘で、財産もないため、将来には何の希望も持てません。だから暇さえあれば本を読んでいます。伝記や旅行記の他、何かを発明したり、斬新なアイデアを持つ主人公が活躍する小説も大好きです。新しいことを知るのがうれしいのです。専門的な知識を得るたびに、いつの日か大きな難題を解くための鍵を手に入れたような気がして。でもわたしは、愚か者ではありません。この先何十年生きたとしても、大きな難題に遭遇することなどない、それくらいよくわかっています。叔母のご機嫌をとり、いとこたちと調子を合わせるという退屈な日々が続くだけなのです。ところがどうでしょう。あの夜、侯爵家の図書室に行ってみたら、目の前に血まみれの死体が転がっているではありませんか。

その瞬間、思ったんです。とうとう、待ち望んでいた大きな難題を見つけたんだと。そして自分の調べた事実が一つ一つ定位置にはまっていき、最後に難題（パズル）を解決したときの満足感といったら！」そこで言葉を切り、大きなため息をついた。「そうなんです。自分が賢いと感じられる、それがうれしくて事件を追っているんです。なんて自分勝手な人間なのでしょう」

ここまで率直に認めるつもりではなかったが、予想していたような恥ずかしさや気まずさはなかった。いや、それどころか、長い間自分のなかでうごめいていた何かを吐き出したように感じ、ホッとしたような気分ですらあった。とても不思議な感覚で、ずきずきと責め立てる顔の痛みと相反するものだった。

並んで座ってはいたが、ぼんやりとしか見えないため、公爵の反応を読み取ることはできない。それでも今ふたりの間には、うそ偽りはないと確信できた。それならば、彼からもお返しに、本当のところを答えてもらえるのではないか。

「公爵さまのほうはどうなんでしょう。なぜ今回もまた、殺人犯を捜そうと思われたのですか？　実を言うと、前回はわたしに出し抜かれたから、今回こそはとお考えになったのかと、初めは思いました。それなのに、わたしだけでは入れないような場所へ、あちこち連れて行ってくださって。それで頭を抱えているのです。公爵さまのほうこそ、なぜこの事件を追っているのかと」

公爵は楽しそうに笑ってから、鮮やかなブルーの瞳を彼女に向けた。

「きみの回答は実に誠実で理路整然としていて、文句のつけようがなかった。だからぼくも納得してもらえるような答えを返したいのだが、残念ながらできないんだ。実はぼく自身も、自分の行動にとまどっていてね。たしかに当初は、きみがぼくに敬意を払わないことにいらだって、きみの自尊心をちょっとつついてやろうと思ったんだ。情けないことにね。だがきみをやっつけたいと思ったことはないし、今もそうだ。それどころか、前回の事件を解明した聡明なきみが、誇らしくてたまらなかった」

予想外の答えに、ベアトリスは身震いしそうになった。たしかにふたりの間には絆が、それも強い絆がある。オトレー氏とファゼリー卿の二つの事件は、ふたり共通の、夢中になれる目的を提供してくれた。公爵が彼女と一緒にいたいのは、事件について議論しあえる相手が他にいないからだ。オペラを休憩時間に抜け出してきたのも、たとえわずかな情報でも、彼女に伝えたいという思いからだろう。

けれども、ふたりの間にある共通の思いは、果たしてそれだけだろうか。

ベアトリスは、ワルツを踊っているときに彼が熱っぽく見つめてきたことを思い出した。事件とは関係なく、とにかく彼女と一緒にいたいという思いはないのだろうか。

そこまで考えて、ベアトリスはフッと笑った。たとえそうだとしても、その先は行き止まりだ。彼は〝公爵閣下〟になる運命として生まれ、崇高な血筋にふさわしい人生を歩んできた。何がどうあろうと〝公爵〟でありつづけ、それ以外の道を選ぼうとは考えたこともないはずだ。そして、名門貴族マトロック家の血統を絶やさぬため、美貌と品格を併せ持つ女性と結婚しなければいけない。平凡な顔立ちで、生意気そうなそばかすのあるベアトリスを、公爵夫人として迎えようとはけっして思わないだろう。

公爵がはなから自分を〝対象外〟にしていても、責めるつもりはなかった。いっぽうで、いつのまにか彼に惹かれてしまった自分を責めるつもりもなかった。今のイギリスで、公爵は最も人気のある独身男性だ。ハンサムですらりとした彼の姿を遠目に見て、女性たちは皆うっとりと見惚れ、そのあと深いため息をつく。彼女みたいに何度も彼を間近で見ていたら、気持ちが乱れてしまうのは当然だろう。ただそれもあと少し。今回の事件が解決すれば彼と会うこともなくなり、身の程知らずの夢を見ることもなくなるだろう。そのときが早く来てほしいような気もするし、また永遠に来ないでほしいような気もする……。

とそのとき、公爵の咳払いが聞こえ、ベアトリスは沈黙が長すぎたことに気づいた。どうしよう。何か言わなければ。ああ、だめだわ。気の利いた言葉がまったく思い浮かばない。

こうなったら、彼と初めて出会った晩餐会での料理の名前はどうだろう。また以前の自分に戻ってしまった。

「オリーブペーストを添えた魚のパテ、蒸しウナギのタルタル仕立て、スタッフド・トマト、仔牛のカツレツ、ポーチドエッグ、サーモンのソテー……」

すると公爵は一瞬おどろいたものの、すぐに言った。

「おやおや、お腹がすいたのかな。たしかに殴られるのも結構体力を使うから、その反応はおかしくない。しかし残念だが、今はどの料理も出してあげられないんだ。こうなるとわかっていたら、青いヴェストを着てくればよかったな。あのポケットになら、サーモンのソテーが入っているんだが」

ベアトリスは感激のあまり、一瞬痛みを忘れたほどだった。意味不明な言葉をいきなり発しても、公爵はなじるどころか、軽妙に返してくれたのだ。

「ちがいます。侯爵家のディナーのときに、あなたに投げつけたいと思った料理を思い出していただけです。公爵さまが〝ナイルの海戦〟について長々と説明なさったときの」

「ああ、あれか」公爵はうれしそうに言った。「HMSゴライアス、HMSオーデイシャス、HMSマジェスティック」

彼はあの時と同様、海軍の伝統にしたがい、海戦での登場順に艦船の名前を挙げた。するとベアトリスは、順番をわざと変えてまぜっかえした。

「HMSマジェスティック、HMSゴリアテ、HMSオーデイシャス」

あまのじゃくな発言に公爵がほほ笑んだとき、ベアトリスは彼と完全にわかりあえたように思った。暖炉の前で、オトレー氏の殺害犯について話し合ったときと同じだ。なるほど、そうだったのか。自分はこの気分を味わいたくて、今回も事件を調査しようと思ったのかもしれない。そのためには、どんなに無謀なことをしてもかまわない。それだけの価値があるのだから。公爵も彼女と同じ思いだろうか。

だがその幸せな時間は、御者のジェンキンスが現れたことで終わりを告げた。

「お嬢さん、どうなさったんです！」

ジェンキンスは目を丸くしている。思わずお嬢さんと呼びかけたことで、公爵とベアトリスをシルヴァン・プレスに送ったときから、彼女の変装を彼が見破っていたことがわかった。

「あ、いや、サーでしたね。いや、ええとミスターか。いったい誰に殴られたんです？」

ベアトリスはジェンキンスに手伝ってもらって立ち上がった。

「いきなりこぶしが飛んできたんです」

ジェンキンスは首を横に振った。「こりゃあ、フィッツ・マッキニーと同じくらいひどいあざになるぞ」

「フィッツ・マッキニー？」ベアトリスが眉をひそめたとたん、恐ろしい痛みが走った。

「賞金目当てのボクサーだ」馬車の扉をあけながら、公爵が説明した。「何試合か勝ち続けたんだが、ベルチャーとの壮絶な試合でノックアウトされ、ジェンキンスも一緒にノックアウトされたんだ。マッキニーに大金を賭けていたからね」

ジェンキンスは大きくため息をつき、頭を振りながら言った。

「結構な額でしたよ」

「まあ」ベアトリスが同情を示すと、公爵は不愉快そうに顔をしかめた。

「賭けをするなら損をしてもいい範囲にすべきだと、みんなが気づいてくれればいいんだが」

「ほんとにおっしゃるとおりで」ジェンキンスが頭を掻いた。

馬車の中に落ち着いたところで、公爵はベアトリスに加害者の特徴を尋ねたが、彼女は何も答えられなかった。

「あっという間の出来事でした。誰かがぶつかってきて倒されたと思ったら、すでに顔を殴られていたんです。それからその男が乗ってきて喉に手を回し、これ以上近づくなとおどして逃げていきました」

「喉に手を？」

「あ、ほんの一瞬です」ベアトリスはあわてて言った。「おどすためだったと思います。だけど何に近づいたらいけないのか言わなかったんです。おそらく今回の事件でしょうが、それならどうして原稿を奪わなかったんでしょう。ファゼリー卿を殺す理由はそれしかないはずなのに」

ベアトリスは向かいの席に座る公爵を見た。まだぼんやりとしか見えないが、視界の狭さに慣れたのか、焦点は合っている。だが思っていたのとは全然ちがう反応が返ってきた。「喉に手をかけたということは、殺してやるという意味だな」

「ええ、そうかもしれません。ただとりあえずは、もっとひどい目に合わせるぞという警告だったのではないでしょうか。だけど、的外れなおどしですよね。だってこっちは、何に近づいてはいけないのかわからないんですもの。はっきり言わなければ、結局は目的を果たせないのに」

ベアトリスの他人事のような言葉に、公爵は首を振り、不機嫌そうに言った。

「ねえミス・ハイドクレア。きみはもっと自分の身辺に注意しなければいけないよ」

ベアトリスは彼が言いたいことはわかったが、その話題にはひきこまれたくなかった。彼は事件の調査から彼女を遠ざけたいのだろうが、それは絶対に受け入れたくなかった。

「どうぞご心配なさらずに。わたしだって自分の身の安全こそが大事だと思っています。現に今だって、帰宅してからヴェラ叔母さんに自分のこの格好をどう説明しようか、それればかり考えているんですもの。ラッセルのぶかぶかの服を着て、しかもこんなにあざだらけですから。このままではどんな罰を受けるかと、心配でたまらないのです。ハイドクレア家の田舎の屋敷に閉じこめられ、公爵さまとはもう二度と連絡を取れなくなるかもしれません。まあでも、そうしたら公爵さまを悩ませている問題は解決しますね。だってわたしはもう、あの男に襲われることはないですもの」ベアトリスは眉をひそめた。「となると……。実はあの男は叔母さんと結託して、面倒を起こすわたしをロンドンから永久追放しようとしたのかも」

おどろいたことに、公爵は彼女のとりとめのない発言を真正面から受け止めた。

「着替えなら用意させよう。少しは罰が軽くなるのではないかな」

ベアトリスは思わずふきだしそうになり、そのおかげで痛みまでふきとびそうになった。公爵さまはなんとまあ、世間知らずでいらっしゃること。

「とんでもありません。これまで見たこともないドレスを着たわたしがいきなり現れたら、叔母がどれほど震え上がることか。想像もつきませんが、わたしへの罰はロンドンからの追放どころではないと思います」

「それはちょっと大げさだろう」公爵が笑った。

ベアトリスは悲しげに彼を見つめた。「以前、〝公爵であること〟の意味をわたしが理解していないとおっしゃられましたけど。でしたら公爵さまは、〝未婚の娘であること〟をまったく理解していらっしゃいません。叔母の前に真新しいドレスを着て現れる——それは男物の服を着て現れるより、はるかに悪いのです」

「わかった」公爵はそっけなく言った。「じゃあ、別の方法でいこう。叔母上にお土産を渡すのはどうかな。宝石を贈るのは、昔から罰を軽くしてもらうときの有効な手段だ。宝石商に立ち寄って、ちょっとしたネックレスでも買おう」

ネックレスと聞いて、ベアトリスはハッとした。ミス・コーニンのゴールドのネックレスが頭をよぎったのだ。「そうよ。それよ。それだわ！」興奮気味に言うと、公爵のほうに身を乗り出した。

「あの石はやっぱりガーネットではなく、ルビーだったんですよ。気がつきませんでしたか？　ミス・コーニンがつけていたあのネックレス。シンプルだけど、とてもすばらしかった。あのときどこかで見たような、いえ、聞いたようなと思ったんですけど、いま思い出しました。ファゼリー卿が日記に書いていた物とぴったり一致するんだと。彼は何人もの女性と同時につきあっていて、別れるときには必ず、洋ナシ形のルビーがついたネックレスを贈っていたんです。覚えていませんか？」

「ファゼリーはミス・コーニンを口説いてつきあっていたのか」

「ええ。それで関係を終わりにするとき、いつもどおりあのネックレスを贈ったのでしょう。そのことを、原稿を読んだヒルさんが気づいたのではありませんか？」

「あの青年が？」公爵が目を見開いた。

「そうです。コーニンさんが言っていたじゃないですか。ヒルさんは原稿をしっかり読み込んで細かい部分まで気がつくと。おそらくあの回顧録を読み、ミス・コーニンが卿に捨てられて、ネックレスを贈られたとわかったんでしょう。だから復讐のために、ファゼリー卿を背後から刺したんです」ベアトリスは公爵を見つめた。

「誰が見ても、ヒルさんが彼女に夢中なのはわかるでしょう。わたしが彼女に近づいたら、勘ちがいをして怒りましたよね」

「ああ。近づくなと言ってにらんだな」公爵がにやりとした。「いやらしいライト氏に警告したんだ」

ベアトリスがうなずいた。「そう、そうです。彼はすぐにカッとくる、感情がコントロールできないタイプです。ファゼリー卿がコーニンさんに前払い金を返すのを拒否したときも、腹立たしく思ったことでしょう。でも実際は、ファゼリー卿はもっと大事なものをすでに奪っていたのです。だからヒルさんは、もう我慢できなかった。ファゼリー卿のあとを追いかけ、ずぶりと短剣を突き刺し、人ごみに紛れて逃げたのです。あっ、そうか。わたしを殴ったのも彼だったのかも」

彼女の芝居がかった説明を公爵は冷静に聞き、最後に大きくうなずいた。

「うん、悪くない推理だ」

「では、ジェンキンスさんに戻るように言ってください。すぐに引き返しましょう」

「引き返すだって？」公爵は声を上げた。「何を言っているんだ。そのあざを冷やさないともっと腫れあがるぞ。今だって痛みがひどいんだ。まずは手当をして休まなければ。シルヴァン・プレスに行くのは明日でもいい。殺人犯が判明したのに、ヒルは逃げやしない」

「休めですって？」今度は彼女が聞き返した。殺人犯が判明したのに、ベッドで寝ていろと言われ、お嬢さまのお遊びだとばかにされたように感じたのだ。「お願いです、時間を無駄にしないでください。ジェンキンスさんに計画の変更を伝え、すぐに戻らせてください。ああ、でも前回みたいに警察官を呼ばれるのなら話は別です。そこは公爵さまの判断にお任せします」

ケスグレイブは難しい顔をしていた。はっきり見えなくても、彼女の提案を受け入れがたいと思っているのは明らかだ。馬車の中は、張りつめた沈黙に支配された。もちろん最終的には、公爵の決定に従わざるを得ない。彼女に何ができる？　紫色に腫れあがった顔では、辻馬車を拾うことすらできないはずだ。

さらに沈黙が続いた。ベアトリスは時間の無駄ではないかといらだったが、公爵はとうとう心を決めたようにうなずいた。

「よし、ジェンキンスにシルヴァン・プレスに向かうように伝えよう。だがその代わり、きみに頼みがあるんだ」

ベアトリスは笑顔になり、大きくうなずいて身を乗り出した。

「はい、もちろんです。何でもおっしゃってください」

「どうか約束してほしい。今回はしかたがないが、もう目の前で人が殺されても、首をつっこむようなことはやめてくれ」公爵の顔は真剣そのものだった。

ベアトリスは信じられない思いで彼を見つめた。公爵がこれほど卑怯な提案をするなんて。「公爵さま、まさか本気ではないですよね。それはわたしの自由を奪うということです。あなただけは、わたしの気持をわかってくださってると思っていたのに」

公爵は厳しい声で言った。「死んでしまえば自由など意味がない。前回も今回も、自分ひとりで犯人を見つけようとして、ひどく危ない目にあったじゃないか。特に今回は、首に手をかけられて、脅されたんだろう。このまま無鉄砲な行為を続けたら、いつかきっと殺されてしまう。そんなことに、このぼくが耐えられると思うのか」

これほど熱い言葉を、公爵は何の感情も交えずに淡々と言った。まるで生徒に向かって、家庭教師が代数の方程式でも説明しているかのように。だがベアトリスのほうは、彼女が死んだら自分は耐えられないと公爵が言ったとき、心臓が今にも飛び出しそうな思いだった。

いやだ、わたしったらまた。仲間の命を心配するときによく言うセリフじゃないの。それを一瞬とはいえ、わたしへの告白だと誤解するなんて。

自分のうぬぼれにいらだちながら、彼の提案を慎重に考えてみた。もし受け入れたら、どんな代償を払うことになるだろう。二つの死体に出くわしただけでもじゅうぶん異常なことなのに、三度目もあると本気で考えているのだろうか。公爵も、そしてわたし自身も。

いいえ、そんなことがあるわけがない。もしあったら、わたしだってさすがに自分に何か問題があると思って、誰に強要されなくても精神科の病院に入院するわ。

だがそうはいっても、公爵が求めた約束はまったく意味がないわけではなかった。まずあり得ないとはいえ、もしまた殺人事件に遭遇したとしても、強要された約束に縛られ、調査をする自由がないことになる。

強要された約束を、人は守る義務があるのだろうか。

悔しいけれど、やっぱりあるだろう。

あっ、だけど。その約束の前提条件にあてはまらない場合は、守らなくてもいいのでは？ つまり、〝目の前で起きた〟殺人事件でなければ、首でも手でもつっこんで好きなだけ調べていいのでは？

まあさすがに、自分から死体を探しに行こうとは思わないけれど。でもそうした選択肢が自分に残されていること――彼女にとってはそれこそが重要だった。

「わかりました」ベアトリスはわざと深いため息をついてみせた。こうして譲歩することがどれほどつらいことかを、公爵にわかってほしかった。「今後もし目の前で殺人事件が起きたとしても、犯人探しなど絶対にしないと約束いたします。さあ、これでご満足いただけましたら、急いでシルヴァン・プレスに戻ってヒルさんを問いつめましょう」それから上目遣いで公爵を見た。「あの、他にはもう約束はしなくていいのですよね？」

「ああ、他に何があるというんだ」公爵は穏やかに言った。「凶悪な殺人犯の手で、きみが悲惨な最期を迎えることがないように。そのための約束なのだから」

「そのおっしゃり方は少しひっかかります。非力な女を守ってやらねばという、やっぱりいつもの公爵さまですもの」

「なんだ、その程度ならホッとしたよ。もっときついことを言われるかと思ったから」

からかわれたベアトリスは顔をしかめたが、そのとたん目の上に痛みが走ったので、あわてて窓の外に視線を移した。公爵がジェンキンスに行き先の変更を告げている。キャサリン・ストリートにまっすぐ向かっているようだから、今回は警察官を連れていくつもりはないらしい。まあたしかに告発をするにしても、相手が出版社の事務員なら貴族よりもずっと簡単だ。それに万一ヒル青年が逃げたとしても、公爵なら彼を捜索させる資金もある。

しばらくして、シルヴァン・プレスの前に到着した。外から見る限り、事務所の中の様子は先ほどとほとんど変わらない。コーニン氏はカウンターの奥に立ち、ヒル青年と頭を寄せ合って原稿らしきものをめくっている。ミス・コーニンは台帳に何やら記入していて、例のペンダントは、彼女の胸元で美しい輝きを放っている。ドアを開けたベアトリスを見て、三人とも目を見張った。

それからコーニン氏は口をぽかんと開け、ヒル青年は身震いしたが、ミス・コーニンはあわてて駆け寄って来た。

「おどろかせて申し訳ない」ベアトリスのあとから入って来た公爵が説明した。「こんなひどい顔の男が突然現れたのだから、無理もないな。だがどうしてもこちらへ戻りたいと彼が言い張ってね。一度は止めたのだが、そんな悠長なことを言っている場合ではないと言われ、わたしも折れたのだ。たしかに、不愉快なことはできるだけ早く済ませたほうがいいわけだから」

「はあ。でもライトさんはなぜそんなひどい怪我を？」コーニン氏がおそるおそる尋ねた。「馬車が横転したのですか？　それとも、ひったくりにでも襲われたのですか？　さすがにうっかり転んでということはないでしょう」

「とにかくその腫れをひかせないと」ミス・コーニンはベアトリスを心配そうに見つめた。「氷をあてるのがいいかもしれません。父の関節がときどき痛むのですが、よく効くんです」

ヒル青年は黙ったままだった。なぜふたりが戻って来たのか、よくわかっているはずだ。

ベアトリスは残念だった。目の上が腫れていなければ、彼の瞳に恐怖の色が浮かんでいるのが見えただろうに。

「ありがとうございます。ですが、傷の手当は結構です。ちょっとした事故のせいですが、もう大丈夫ですから」それからヒル青年に向きなおった。「こちらに戻って来た理由はただ一つ。ファゼリー伯爵ロバート・ハンソン・クレストウェル殺害の容疑で、ヒルさんを逮捕するためです。公爵閣下の馬車が待機しておりますので、おとなしく一緒に来ていただければと思います」

御者のジェンキンスが一歩前に出たが、誰も気に留めなかった。ヒル青年は、ぼんやりとしか見えないベアトリスにさえわかるほど真っ青になり、逃げ場を探しているのか、周囲をきょろきょろと見回している。彼の代わりに公爵に尋ねたのは、コーニン氏だった。「なぜ無実の男を逮捕するのですか。どんな証拠があるというのです」

ミス・コーニンはすすり泣きながら、「ちがう、ちがう」とつぶやいている。

コーニン氏が続けた。「おそれながら、公爵さまはすばらしい見識の持ち主だとお見受けしております。それなのになぜ、ご自分の執事が先ほどのような暴言を吐くのを許されるのか、まったく理解できません」

「ちがう、ちがう」ミス・コーニンは両手をにぎりしめ、美しい顔を涙で濡らしている。

「公の場で使用人が恥ずべき言動をしないように制止するのは、公爵閣下の義務ではありませんか。そんなことは、レタスのようにすかすかの頭の人間でも知っていることです」

「ちがうわ。ちがう、ちがうの」

コーニン氏は、おどろきと嫌悪が入り混じった口調で続けた。

「ごらんください。わたしの大事な娘はこんなにも嘆き悲しんでいます。このような苦痛に値することは何もしていないのに。若くて繊細な——」

「ちがう！　そうじゃないの！」ミス・コーニンの声は震え、悲鳴のようだった。

「わたしなのよ。わたしがファゼリー卿を殺したの！」

12

ミス・コーニンの驚くべき告白のせいで、あたりは静まり返っている。ベアトリスは必死で頭を働かせた。この若く美しい女性が、道楽者の貴族の死を望む理由は想像に難くない。なにしろファゼリー卿は彼女の純潔を奪い、やがて彼女に飽きると、何の躊躇(ちゅうちょ)もなくぽいっと捨てたのだから。おそらく彼女は彼の回顧録を読み、自分は数多くの愛人のひとりだった、つまり彼が手に取ったきれいなバラの一輪に過ぎず、そうしたバラを集めれば、大きな花束が作れるほどだったと知ったのだろう。その事実にどれほどうちのめされ、また怒りに燃えたことか。やがてその怒りは抑えきれないほどふくれあがり、短剣を突き刺して殺そうと決意したのだ。

うんうん、完璧な推理だわ。

「ちがう、そうじゃない」突然ヒル青年の声がして、ベアトリスはとまどった。

な、なによ。

真っ青だった彼の顔は、いつのまにか真っ赤になっている。「ぼくが殺したんだ」

コーニン氏は口元を震わせ、気でもおかしくなったのかと若いふたりを見つめている。ジェンキンスが小さくつぶやいた。「こいつはとんでもないことになったぞ」

「いいえ、彼は嘘をついています」ミス・コーニンはおそろしいほど落ち着いた声で言った。もう涙も出ていない。「わたしがファゼリー卿を殺したのは、あの人が冷酷で下劣な男だったからです。わたしをしつこく口説いてきて、それなのにすぐに捨てたんですもの。だから彼が死んだのは当然の報いだったんです」

「おい、何を言っているんだ！」彼女の父親が叫んだ。

自分こそが殺人犯だと言い張る若いふたりは、ショックで呆然とするコーニン氏を無視して、お互いを見つめた。

「ミス・コーニン。嘘はやめてください」ヒル青年がきっぱりと言った。「ぼくがファゼリー卿を殺したんだ。そう、彼は冷酷で下劣な男だった。あなたにしつこく言い寄り、すぐに捨てたんだ。だから殺すしかなかった」

けれどもミス・コーニンは、彼の言い分に耳を貸さず、公爵に訴えた。

「お願いです、公爵さま。彼はわたしを助けようとしているだけです。でもわたしは、そんな価値のある人間ではありません。自分勝手で不道徳な女です。どんな罰を受けてもおかしくはないのです」

するとヒル青年は、公爵に何歩か歩み寄った。

「公爵さま、どうぞ考えてみてください。彼女に人が殺せると思いますか。こんなにも華奢で心やさしい女性なのに。でもぼくはちがいます。一時間ほど前、ライトさんを路上で襲ったのですから。ここに入っていらしたあなたの目を見た瞬間、それがばれたのだとわかりました」

ミス・コーニンはベアトリスの腫れあがった顔を見て、つぎにヒル青年を見て、押し殺した叫び声をあげた。

「でもどうしてなの？　なぜライトさんにそんなひどいことを？」

ヒル青年は、しばらく口ごもってから話しだした。

「勘ちがいでした。本当にひどい勘ちがいだった。彼があなたを見つめる様子に、つい怒りがこみあげて。自分でも怖いほどカッとなって。ファゼリー卿があなたを傷つけたみたいに、ライトさんも傷つけるのではないかと、心配でたまらなくなった。これでわかるでしょう。ぼくは凶暴な人間なんだ。だからその罪を償うために、あなたの代わりにぼくを絞首台へ行かせてください」

思いのたけを吐き出したことで満足したのか、ヒル青年の顔はすがすがしいほどだった。だがミス・コーニンは喜ぶどころか、とまどっていた。

「わたしの代わりにですって？　でもわたしは、ファゼリー卿を殺してはいません」

ヒル青年はのけぞった。「殺していないだって？」

「ええ、わたしはあなたの代わりに絞首台に行こうと思ったのです。あなたはわたしのためにファゼリー卿を殺した。わたしが愚かだったせいで。だからこそ、絶対にあなたを絞首刑にさせられないと思ったのです。わたしの愚かな行為であなたを追いつめ、その結果、人殺しをさせてしまった。そんなあなたを死なせてしまったら、わたしの罪は二重になってしまいます。そんなことは絶対に耐えられない」

「だけどぼくは、殺していませんよ」

固い絆で結ばれたふたりは、自分たち以外の何物も意味をなさないかのように、お互いを見つめ合った。

いったいなんなの。このばかげた展開は。

ベアトリスは開いた口がふさがらなかったが、それでも気を取り直して口をはさんだ。

「ええと、どういうことなのか、このライトが僭越ながら説明させていただきます」ががっかりしていると、ふたりに悟られてはいけない。「ようするに、ヒルさんはミス・コーニンが犯人だと勘ちがいし、ミス・コーニンはヒルさんが犯人だと勘ちがいしたため、お互いを守ろうとして自白したと。ですが、どちらもファゼリー卿を殺してはいなかった。またわたしが見る限り、おふたりは深く愛し合っているようですが、それについてはあとでおふたりだけで話し合ってください。もちろん、コーニン氏の許可を得たうえでということですが」ベアトリスはコーニン氏に目をやった。彼はいまだに、自分の娘がファゼリー卿に誘惑され、捨てられたという事実を消化できていないようだ。

ヒル青年は、あとでふたりきりでというベアトリスの言葉をあっさり無視して、ミス・コーニンに駆け寄った。

「お嬢さん、本当にぼくのことを？」

ミス・コーニンは可愛らしく頬を染め、恥ずかしそうにうなずくと、目を伏せながら言った。

「ええ。だけどわたしには、あなたに愛される資格はないわ。だってわたしは――」

「どうか何も言わないでください。あなたはただ、無垢（むく）な女性を遊び半分で口説く悪い男の餌食になっただけです。あなたはぼくの太陽なんです。何があっても愛しています。ただ一つだけ、どうしても気になることが……」彼はごくりとつばをのみこんだ。「どうしてそのネックレスを、いつも身に着けているのですか？　ぼくはそれを見るたびに、あなたはまだあの男を愛しているのだと思っていました」

　そうそう、わたしもそれを訊きたかったのよ。ベアトリスは大きくうなずいたが、ミス・コーニンのほうは意外そうな顔をしている。

「だって色がきれいだし、日の光にあたってきらめくのが気に入っているからよ。でもあなたがいやなら、宝石商に売ってもかまわないわ。かなり高価なはずだから、小さな家なら買えるのではないかしら」

　ベアトリスはきょとんとした。清楚なお嬢さんだけど、案外さばけているというか、現実的というか。周囲に振り回されてくよくよ悩むどこかの行き遅れに、爪の垢を煎じてのませてやりたいわ。

ふたりの話がうまくまとまったところで、公爵がそろそろ帰ろうというそぶりを見せた。どうやらずいぶん前から、我慢の限界に達していたらしい。

「さあ、これでもう気が済んだかな。ミス――」

そこで突然ジェンキンスが大きな咳払いをしたため、公爵は失言に気づき、あわてて言いなおした。「なあライト、いろいろあったが、一応丸くおさまったわけだし、ひきあげるとしようか。特にコーニン氏はこの成り行きにショックを受けているはずだから、ひとりにしてやろうじゃないか」

ベアトリスはすぐにうなずいた。これ以上長居する理由はないし、むしろここにいると、自分の推理がいかに的外れであったかを思い知らされるだけだ。もちろん偶然とはいえ、互いの思いに気づかなかった恋人たちのキューピッドになれたことはうれしい。だがやはり、情けない思いでいっぱいだった。ほんの一時間ほど前は、自分の名推理で犯人を見つけたと思いこみ、有頂天になっていたのに。

もちろん、まだあきらめたりはしない。ダンカン卿やコーニン氏の話から、ファゼリー卿がいかに金に汚いかがよくわかった。となると、レディ・アバクロンビーだけでなく、他の貴族も脅迫している可能性は高い。あの回顧録の原稿をしっかり読みこめば、犯人につながる鍵が見えてくるのではないか。コーニン氏は〝くそ面白くない〟作品だと切り捨ててはいたが、絶対に有力な手掛かりが隠されているはずだ。もしかしたら、単調な記述が実は暗号だったりして。よし、馬車に乗りこんだら、さっそく公爵と相談してみよう。

ベアトリスはコーニン氏たち三人に別れを告げた。ミス・コーニンとヒル青年の幸せそうな様子からすると、おそらくふたりの結婚予告は来週中には教会に公示されるだろう。「すばらしい結婚式になるように祈っていますよ」コーニン氏とは握手をしたが、ヒル青年には、離れたところから会釈をするにとどめた。根っからの悪人ではないとわかっていたが、それでも近くには行きたくなかった。彼を見ているだけで、あの太い指に首を絞められたことを思い出してしまう。

とそのとき、公爵が厳しい顔でつかつかとヒル青年に近づいていき、ベアトリスがあっと思う間もなく、青年の顔をめがけて殴りかかった。あたりにベアトリスと、ミス・コーニンの悲鳴がひびきわたる。ヒル青年は大きくのけぞって、尻もちをついた。だがすぐに上体を起こすと、つぎに飛んでくるパンチに備えて身構えた。肩を丸めてうつむき、シャツの襟にもぐりこむようにして顔をうずめている。その様子を見て、ベアトリスはぼんやりと思った。なんだか、甲羅に頭をひっこめるカメみたいだわ。

ん？　カメですって？　最近どこかで見たような気が……。

あ、そうか！　コーニン氏の袖口から見えたウミガメの刺青だわ。ウミガメと言えば……。

ベアトリスの頭のなかに、これまでさまざまな本から仕入れたウミガメに関する知識が浮かんできた。そして、その一つが、ぴたりとはまった。たしか、航海士の探検記に書いてあったわ。厳しい航海を経て赤道を越えると、男たちはその証としして、ウミガメの刺青を彫る権利を得るのだと。だけどコーニン氏は船乗りではないし、ロンドンを出たこともないと言っていたはず。そんな彼が、なぜウミガメの刺青を？　もしかしたら、若いころに船に乗って遠い南方まで……。ベアトリスの頭のなかで今度は、ファゼリー卿が刺されたストランド地区の様子が映像になって流れた。〈デイリー・ガゼット〉、〈ザ・ワールドニュース〉、サマセット・ハウス。サマセット・ハウスの中にはロイヤル・アカデミー・オブ・アーツや海軍省……。

え、海軍省？

「わかったわ！　ファゼリー卿を殺した犯人が」あまりに動揺していたため、自分がライト氏であることを忘れ、うっかりいつもの声で叫んでしまった。

だがそれは、たいした問題ではなかった。誰もベアトリスの言葉は聞いていなかったからだ。ミス・コーニンは、もう殴らないでと泣きながら公爵に懇願し、御者のジェンキンスは、これは当然の報いだと公爵に代わって言い張っている。

「この男は非力な女性を……あ、ちがった。ええっと、ライトさんか。そうそう、無防備なライトさんをいきなり襲ったんだからな。なんとも卑怯きわまる――」

「ジェンキンス、もういいよ。だがありがとう」公爵は御者にうなずいたあと、ミス・コーニンに目を向けた。彼女はヒル青年の頭を抱きかかえている。公爵が言った。

「ミス・コーニン。あなたの愛する人を殴ってたいへん申し訳なかった。だがヒルくんはついさっきまでファゼリーを殺したと、絞首台の上で演説をするつもりだったんだ（十九世紀の公開処刑の風習で、自分の罪を演説する）。一発殴られたぐらい、どうということはないだろう。いや、もしかしてヒルくんは、絞首台に送られたほうがよかったのかな？」

ヒル青年はファゼリー卿を殺した犯人ではないのだから、絞首刑になるはずがない。だが公爵の顔は厳しいままで、そうとは限らないことを物語っていた。彼が首をかしげ、しかるべき人物の耳元でひと言つぶやけば、ヒル青年を死刑にできるのだと。

そう気づいた瞬間、ベアトリスは背筋が寒くなった。そうだった。公爵ほど強大な権力を手にしている人間は、イギリス広しといえども、ごく一握りしかいない。

ミス・コーニンも公爵の質問の意図を理解したようで、身を震わせたまま黙っている。けれどもヒル青年は立ち上がって背筋を伸ばすと、公爵の目をまっすぐ見つめ、ライトを傷つけたことを謝った。まるで怪我をしたのは執事ではなく、公爵その人であるかのような口ぶりだ。ベアトリスは当然面白くなかったが、今は文句をつけるよりも、大事なことがある。

「だんなさま。ファゼリー卿を殺した犯人がわかりました」今度は執事のライトらしく、低めの落ち着いた声で言った。

ついさっきヒル青年が犯人だと主張し、その結果大きくはずしていたから、公爵は苦笑いするだろうと覚悟はしていた。けれども公爵は、力強くうなずいた。

「そうか。続けたまえ」

ベアトリスは彼がすんなり認めてくれたことにおどろきつつも、淡々と続けた。

「はい。わたしたちが犯した最大のあやまちは、ファゼリー卿が殺されたのは回顧録に関係があると考えたことです。でも実際は、もっとずっと単純な理由だったのです。コーニン氏に出版を断られたファゼリー卿は、自分の日常生活の記録を全面的に否定され、人格そのものを否定されたように感じ、コーニン氏に復讐しようと思ったのです。彼が向かった先は、おそらくサマセット・ハウスでしょう」

コーニン氏がぴくりと震え、ベアトリスはそれを見て確信を強めた。

「あそこには海軍省がありますから、コーニン氏の居場所を密告するつもりだったのではないでしょうか。コーニン氏は脱走兵で、まだ処罰の対象になりますから」

ミス・コーニンとヒル青年は、ベアトリスの言葉をものすごい剣幕で否定した。

「あまりにもばかげた作り話です。これまでもうちでは、ばかげた作品を山ほど出版してきましたが、そのどれよりもばかげています。父が海軍にいただなんて」ミス・コーニンが言った。「ブラックフライヤーにある印刷所で見習いを終えると、すぐにこの出版社を祖父から継いだんですよ。イギリスどころか、ロンドンからも出たことがないんです」

「本当ですよ」ヒル青年が言った。「コーニンさんはひどく船酔いするたちなんです。だから海軍なんてとんでもない。海の絵を見ただけで、顔色が悪くなるほどなんです。ライトさん、あなたの言うことはまったくの的外れだ」

ベアトリスはコーニン氏に向きなおり、ウミガメの刺青を見せてくれないかと頼んだ。すると彼はひと言も発せず、静かに袖をまくった。ミス・コーニンは不満そうにつぶやいている。

「そんなことをしても時間の無駄よ。父の刺青なら何度も見てきたし、特別に変わったものでもないわ。みんなが入れているのと同じようなものよ。あなたのおかしな言いがかりとは関係ないはずだわ」

「何かおっしゃりたいことはありますか？」ベアトリスはコーニン氏に尋ねた。

コーニン氏は硬い表情で言った。「ウミガメの刺青を入れられるのは、赤道を越えた人間だけだ」

ミス・コーニンは父親を見つめた。大きなアーモンドの瞳には、混乱の色がある。

「どういうこと？　ロンドンから一度も出たことがないのに、赤道を越えられるわけがないじゃない」

コーニン氏は力なくベアトリスを、そして公爵を見つめた。

「わたしは父と大げんかをしたあと、この家を出て海軍に入りました。父は何が何でもこの出版社をわたしに継がせたかったんです。でもわたしは、生まれた場所から一歩も出ずに生きていくのは耐えられなかった。旅をして、世界に何があるのかを見て、自分の人生の目標を決めたいと思ったんです。けれども、海軍での暮らしは……」つらい過去を思い出したのか、言葉につまった。「わたしにはまったく合わなかった。仕事もきつく、人間関係もいやなことばかりだった。これで十二年も勤めあげるなんて、とても無理だとすぐに気づきました。だから入隊して二年ほど経ったある日、インドのマドラスに上陸したとき、船には戻らなかったんです。そして現地で働いて帰りの船賃を稼ぎ、貨物船に乗りこんでロンドンに帰ってきました。海軍では脱走兵は珍しくないので、軍も必死で探すわけではありません。まだインドにいるころ、士官が一度だけここを訪ねてきたと父が言っていました。でもわたしがいないと知ると、それっきりだったと。だからここはもう安全な場所だと、すっかり安心していたんです」

「それなのに、ファゼリー卿が？」ベアトリスが静かに言った。

コーニン氏はうなだれた。「ええ。どうして知ったのかはわかりません。彼は一見、自分の格好ばかり気にする軽薄な男に見えますが、鋭い観察力を持っているんでしょう。あの回顧録を読めばよくわかります」大きなため息をついた。「あの日、帰り際に下品なジェスチャーをして、おまえならこの意味がわかるだろうと言ったんです。そのあとすぐに出ていきましたが、どこへ行くつもりか、もちろんわたしにはわかりました」

「どんなジェスチャーですか？」ベアトリスは聞き返したが、すぐそばではミス・コーニンがさめざめと泣き始めていた。

「銃を発砲するジェスチャーです。兵士を軍法会議にかけるという意味があります」

「そうですか」ベアトリスは続けた。「では、あの短剣をどうしてあなたが？」

「ここでもみ合っているうちに落ちたんでしょう。ファゼリー卿は気づかなかったし、わたしも彼が帰ったあとに気づきました。拾ったときはもちろん返すつもりだったし、あとを追ったときも、呼び止めて短剣を返し、海軍省には行かないでほしいと頼むつもりでした。あの短剣なら、おそらく数千ポンドの価値があるでしょうし。それに前払い金もあきらめ、原稿も返そうと。ですが、ワインレッドのコートを人ごみの中で見つけたとき、ふと考えたんです。すべての問題を解決する、すごく簡単な方法があるじゃないかと。すばやく深く、海軍で教わったように突き刺すだけで、ぜんぶ終わるんだと」彼の頬に、涙がぽろぽろとこぼれ落ちた。最初はゆっくりと、だがすぐに滝のように流れ落ちた。ミス・コーニンが父親に駆け寄り、彼の手をぎゅっと握りしめる。「刺して逃げたあとも、うまくいったと思っていました。公爵さまから原稿について問い合わせがあったときも、何も心配していなかった。回顧録にはスキャンダルがいろいろ書かれていると噂がたっていたから、公爵さまはそれを恐れているのだろうと。まさか事件を調べているとは、考えもしなかった」

このときベアトリスは、彼に謝りたいというおかしな衝動に駆られた。公爵がこの事件に関わったのは彼女のせいだ。彼女が興味を示さなければ、彼も調査に加わることはなかっただろう。そして彼の助けなしには、シルヴァン・プレスまでたどりつけなかっただろう。

ミス・コーニンは握りしめた父親の手に、涙でぬれた頰を押しつけた。

「お父さん、ごめんなさい。わたしはなんて愚かな娘なのかしら」

おそらく罪悪感でいっぱいなのだろう。自分が純潔をささげた男は、父親を破滅させようとした悪党だったのだから。だがコーニン氏は、娘の柔らかな髪をなでながら言った。「いや、これで良かったんだ」

彼は笑顔さえ浮かべていた。「わたしは本当に恥ずかしい人間だ。ほんの一瞬、魔が差したせいで、絶対に許されない罪をおかしてしまったのだから。あれ以来ずっと、後悔の念に苦しんできた。だが今日、ある意味でホッとしたんだ。自分のしたことに悔いはない。あいつはごろつきだ。うわべだけを着飾った悪党だ。おまえにしたことは万死に値する。おかげで罪の意識から解放され、晴れ晴れとした気持ちになれた。だからおまえももう、罪悪感に苦しむことはないんだ」

だがその言葉を聞いたミス・コーニンの目にはさらに涙があふれ、コーニン氏はそんな娘を抱きしめた。

「さあ、もう泣き止むんだ。何も心配はいらない。ヒルがいるじゃないか。あいつはずっと前からおまえを愛していた。おまえがまったく気づかないのでもどかしかったよ。だが今ようやく、おまえたちが愛を確かめあったのを見て安心したよ」

娘をなぐさめるコーニン氏を見て、謝りたいという思いが、ベアトリスの胸にまたもこみあげてきた。目の前の光景に責任を感じる必要はないはずなのに。ヒスイの短剣を振り上げ、ファゼリー卿の背中に突き刺したのはコーニン氏なのだから。だがこの光景を作り出したのは、やはり彼女なのだ。あの短剣から、警察が大英博物館に、さらにはコーニン氏本人にまでたどりつけたかは、大いに疑問だった。おそらく、近々回顧録が出版されるという噂から、あるいはラブレターでいっぱいの引き出しを発見し、犯人はもてあそばれた女性だと考えたのではないだろうか。

ただベアトリスは、すべての人間の命は、平等に尊いと考えていた。若い頃に犯した過ちで、コーニン氏がどんな罰を受けるのかはわからない。それでも彼には、誰が生き、誰が死ぬかを決める権利はない。だからファゼリー卿の命を奪った罪は、やはりあがなわなければいけないのだ……。

ベアトリスはホウッと息を吐きだした。この先はいずれにせよ、警察にゆだねることになる。自分の役割は、ここまでだ。

肩の荷がおりたせいか、そのとき突然、顔のはげしい痛みに気づいた。目の上はもちろんのこと、頭もずきずきする。

公爵を見上げると、彼はすぐに察したようだった。ニューゲート監獄にコーニン氏を送る前に、彼にゆっくり時間をやってくれと、ジェンキンスに小声で頼んでいる。

ジェンキンスがうなずいた。「わかりました。わたしもお嬢さんのことが心配でした。どうぞ馬車をお使いください」

つぎに公爵はヒル青年に何ごとか告げ、深々とお辞儀をする彼に手を挙げると、ベアトリスをうながしてドアへ向かった。

ベアトリスは外に出ても、頭の上に重苦しい雲が立ちこめているような気がした。ひんやりした外気に触れれば、少しは気分が良くなるかと思ったのに。彼女の浮かない顔を見た公爵は、考えこむようにして、四頭立て馬車をながめた。

「ジェンキンスがコーニンに同行するので、代わりにぼくが操縦する。きみはぼくの隣に座ったらいい。ひとりで客車(キャリッジ)に乗るより、そのほうが楽しいんじゃないかな」

ベアトリスは、すぐさまこの誘いに飛びついた。彼の言うとおり、ひとりでキャリッジに乗っても退屈なだけだ。しかもまだ男装のままだったから、行き交う人たちに、ふたりの関係を勘ぐられることもない。まあ、ぼこぼこに殴られて片目が半分ふさがった男だから、公爵の評判に傷がつくかもしれないが。そこで公爵にひっぱりあげてもらい、彼の隣におさまった。

公爵は巧みに手綱を操りながら、キャサリン・ストリートを進む馬車の流れに乗ると、ベアトリスに言った。

「ねえ、ミス・ハイドクレア。殺人事件の調査はこれでおしまいにするという約束は忘れていないだろうね。特に今回は、一歩まちがえたら死ぬところだったんだぞ。こんなことが続いたら、そばで見ているぼくのほうが、命がいくつあっても足りないよ。犯人探しに首をつっこむことは二度としない、わかったね」

公爵が心配してくれるのはうれしかったが、あまりにも命令口調で言われたので、ベアトリスはつい余計なことを口にしてしまった。

「はい。今後いっさい、足元の死体には目もくれません」

「なんだって？」

「わたしがお約束したのは、目の前に死体が転がっていても犯人探しはしないということですよね」やわらかな陽射しを浴び、ベアトリスは少し気分が明るくなっていた。顔面の痛みはあいかわらずだが、心の痛みは和らいでいる。「たしかそうだったように思いますけど」

「きみはいったい何を言っているんだ。目の前であろうがなかろうが、殺人事件には関わるなとぼくは言って、きみは納得したはずだ」公爵は手綱を揺らし、道の真ん中で止まってしまった馬たちを、前進するようにうながした。

ベアトリスは感嘆のため息をもらした。

「なんてお上手なんでしょう。本職の御者も顔負けの技術をお持ちなんですね」

「ほめてくれるのはうれしいが、ジェンキンスの前ではやめてくれよ。ぼくは彼の技術にはもちろん、御者としての姿勢にも感服しているから、彼を悲しませたくないんだ。まあでも、きみの作戦はわかっている。ぼくをいい気分にさせて、大事な話から気を逸らそうとしているんだろう。だがそんな手にはのらないぞ。さあ、目の前の死体うんぬんの説明をしてもらおうか。まさかとは思うが、殺人事件をわざわざ探そうというのではないだろうな」

ベアトリスは小首を傾げた。「その場合、わたしはどうしたらいいのでしょう」

なんともあいまいな質問だった。彼の提案を受け入れがたいと言っているようにも聞こえる。だが同時に、新たな殺人事件を探すにはどうしたらいいのかと、問いかけているようでもあった。実際ベアトリスは、後者について考えていた。殺人事件はイギリスのあちこちで起きているはずだが、警察が捜査するのはそのうちのごく一部、通報があった場合だけだ。それ以外の事件は誰かが調べないかぎり、おそらくは未解決のまま、闇に葬られているのだろう。たとえば前回のハウスパーティの事件だって、初めは自殺として処理されたわけだし。そうした事件を、一般の市民が知る方法はあるのだろうか。

顎に手をあてて考えこむベアトリスを見て、公爵はますますいらだっていた。

「さあ、はっきり約束するんだ。新しい事件を探そうなどとは、けっして思わないと」

まあ。この人ったら、やっぱりヴェラ叔母さんに似てきたわ。同じことばかり言うし、自分の考えを押しつけようとするし。それでも、本気で心配してくれているのは間違いない。彼女のこれまでの人生で、こんな男性はひとりもいなかった。そう思うと、なんだかふわふわと浮き立つような気分で、永遠にこの時間が続いてほしいような気がする。このままどこまでも、石畳の道が続くかぎり。

けれども当然、どんな時間にも終わりは来る。やがてハイドクレア家の前に着くと、ベアトリスは自分で降りると言い張った。公爵が先に降りて、手を取って降ろしてくれる――それは彼女にとって、最初で最後の夢のような出来事かもしれない。だが公爵は、相手が若い女性なら誰であろうと同じことをするだろう。ベアトリスは、そうした女性たちのひとりではなく、まったく別の存在として扱われたかった。ここで別れれば、恋愛関係とはちがうふたりの絆は、もう永遠に断ち切られるとわかっていた。今回の事件が解決し、これ以上一緒に行動する理由はないのだから。公爵は非の打ちどころのない女性を妻として迎え、可愛らしい子どもたちに囲まれたすばらしい家庭を築くだろう。そしてベアトリスはもとどおり、変化のない毎日を送るのだ。

もちろんシーズンは始まったばかりだから、パーティや舞踏会で再会することもあるだろう。だが形式ばった挨拶程度で終わるはずだ。ストランド地区で語り合ったあの親密さは、望むべくもない。

わかっていたことではあるが、ベアトリスは悲しくてたまらなかった。

オトレー氏の事件以来、公爵と一緒にいて怖いと感じることはなかった。けれども、彼がヒル青年を絞首台に送ってやろうかとおどし、彼が持つ権力の大きさを示したあのとき、最上位の爵位を持つこの男性が自分を愛することは絶対にないだろうと、あらためて気づかされた。

ああ、もう、いやだわ！　彼との関係は〝同志〟だと何度も言っていたくせに、結局は恋愛感情を抱いていたなんて。それからクスリと笑った。なんだか急におかしくなったのだ。雲の上の公爵閣下に、〝ごく平凡な〟ベアトリス・ハイドクレアが、本気で恋をするなんてと。

それから、どうにか無事に降り立つと、公爵に向かって片方の手を差し出した。だめでもともとと思いながらも、ふたりは対等な関係であると示したかった。すると彼女の意図を理解したのか、それとも、大けがをした女性にすげない態度をとりたくなかったのか、公爵はすぐに彼女の手を握りしめた。

ベアトリスは、そのあたたかい手に励まされながら、感謝の言葉を述べた。心のこもった誠実な言葉だと、誰が聞いてもわかるように。

「ダミアン、本当にありがとうございました。あなたと一緒でなければ、真実にたどりつくことはできなかったでしょう」

わたしなんかに自分の名前を呼ばれて、彼は愉快そうにクックと笑うかしら。それとも、礼儀知らずだと言って、むっとした顔をするかしら。だが公爵は彼女をしっかりと見つめ、同じようにまじめな顔で言った。

「どういたしまして、ベアトリス。そう言ってくれて実にうれしいよ」

ふたりは黙って見つめ合った。これ以上の言葉は必要なかった。やがてベアトリスは彼の手を放し、振り返って自宅へと続く小道を歩き始めた。若い女性を玄関まで送るのは、その家族からの厳しい非難にさらすことになる。だから公爵は馬車の横で彼女を見送っているのだと、よくわかっていた。

それでも、ほろ苦い気持ちがこみあげてきた。彼は彼女のことを理解しているようで、実のところ、何も理解していないのだ。

だからこそ、傷がずきずき痛むことがありがたかった。心とは無関係の痛みに集中することができたからだ。それに、これから直面しなければいけない重大な問題もあった。この腫れあがった顔だけでなく、男の格好をして出かけたことを、叔母さんたちに何と言って申し開きしたらいいだろうか。

二つの殺人事件を解決したのだから、この窮地を切り抜けることだって絶対にできるはずだ。こっそり男装して出かけたこと、ひどい怪我を負っていること――すべてを正当化し、家族みんなの同情を引くような、説得力のある作り話を考えなければ。

だが玄関が見えてきても、頭のなかは相変わらず真っ白なままだった。

ベアトリスはうしろを振り返りたくてたまらなかった。馬車がひきあげる音は聞こえていないから、公爵はまだ通りにたたずんで彼女を見守っているはずだ。いいえ、だめよ。このまま進んで、石段をのぼり、玄関に向かうしかない。二十年前、亡くなった両親の弁護士と共にこの道を歩き、叔父夫婦に預けられたあのときから、与えられた選択肢はそれしかないのだから。

落ち着いてゆっくりと石段をのぼり、玄関のドアをノックする。首のうしろに公爵の視線を感じた。振り返って、彼のもとに駆け寄ればどんなにいいだろう。だがそんなことはできない。現実を見るのよ、ベアトリス。それに、そんな弱い女じゃないでしょう。

とそのときドアが開き、ドーソンののんびりした顔が現れた。けれども彼はすぐに、恐ろしいあえぎ声をあげた。あたりまえだ。傷だらけの怪しげな男が、目の前にとつぜん現れたのだから。

ドーソンは恐怖と混乱の表情を浮かべながらも、なんとかしてこの浮浪者を追い払おうと考えているようだった。だがその顔を見ながら、ベアトリスの頭にようやく、すべてを解決する言葉が思い浮かんだ。

「わたしよ。ベアトリスよ。デイヴィスさんのお葬式に行ってきたの」

訳者あとがき

行き遅れ令嬢シリーズの第二作『公爵さま、いい質問です』（原題 *The Scandalous Deception*）をお届けいたします。はじめて本シリーズを読んでいただく方のために、まずは簡単にご紹介を。

舞台は十九世紀初頭、摂政時代のイギリス。幼い頃に両親を亡くしたベアトリスは、叔父夫婦に引き取られ、周囲に気兼ねをしながら生きてきたせいで、自分に自信のもてない内気な性格になってしまいました。また地位も財産もなく、平凡な顔立ちで、気の利いた会話もできないため、舞踏会に行ってもつねに〝壁の花〟。そのため、当時の女性たちにとって唯一の独立手段であった結婚もできず、肩身の狭い思いをしながら、毎日を過ごしていました。ただ本来は聡明で、知的好奇心の旺盛な娘です。暇さえあれば本を読んでさまざまな知識を仕入れ、いつか自分の能力を試せる日が来ることを夢見ていました。

そして二十六歳になったある日、殺人事件に遭遇するという意外な形で、そのチャンスはやってきました。湖水地方にある侯爵家にゲストとして滞在中、真夜中の図書室で、血まみれの死体を発見したのです。状況からして、おそらく犯人は屋敷内にいるはず……。ベアトリスは、その場に偶然居合わせたケスグレイブ公爵と共に、犯人探しに乗り出します。とはいえ三十二歳の公爵は、地位や財産はもちろん、美貌にも恵まれ、あらゆる点でベアトリスとは正反対の、鼻持ちならない人物。どう考えても、そんなふたりが初めからうまくいくはずがありません。相手の推理にため息をついたり、ダメ出しをしたり。それでもやがて、互いに憎からず思いはじめて……。

さて、第二作の舞台は、社交シーズンの始まったロンドン。訳あって新聞社を訪れたベアトリスは、ハンサムな紳士が刺殺されたのを目撃し、またも自分の力で犯人を見つけようと決心します。ところが性別や身分で差別され、調査は思うように進みません。するとそこへ、ケスグレイブ公爵が颯爽と現れて……。今回もやはり、ふたりの調査は難航しますが、古き良きロンドンの街並みを思い浮かべながら、応援していただければと思います。

ところでこのシリーズには、ハンサムな貴族が数多く登場しますが、それもそのはず、この時代は、自由奔放で派手好きなジョージ四世の治世。彼を筆頭に、〝ボー〟と呼ばれる洒落男たちがセンスの良さを競い合い、身だしなみに莫大な金と時間をかけていたといいます。なかでも圧倒的な人気を誇ったのが、ダンディズムの祖と言われたボー・ブランメル。今回の被害者ファゼリー卿がライバル視をしていた人物で、「ナポレオンになるよりもブランメルになりたい」と、かの有名な詩人バイロン卿に言わしめたとか。ロンドンには銅像もあるそうですが、画像検索で彼のイケメンぶりをチェックしてみるのもお勧めです。

第三作についても、少しだけご紹介しておきましょう。しばらくおとなしくしていたベアトリスのもとに、湖水地方の事件で知り合った人物が訪れ、殺人事件の調査を依頼します。けれどもこれが、なかなかの難事件。被害者はベッドの上でとつぜん苦しみはじめ、駆けつけた愛人の前で息絶えたというのです。凶器も見当たらず、密室殺人とも言える状況に、頭をひねるベアトリス。変装して聞きこみに回ったり、賭博場に乗りこんだり。もちろん、進みそうで進まない公爵との身分違いのロマンスも、たっぷり楽しめます。最後に大きなサプライズもありますので、どうぞご期待ください。邦訳版は二〇二四年二月に刊行予定です。

前作に続きまして、原書房の皆さまには大変お世話になりました。この場を借りて厚くお礼を申し上げます。

それではどうぞ、ベアトリスと公爵がふたたびタッグを組み、ロンドンの街を奔走するヒストリカル・コージーをお楽しみください。

二〇二三年六月

コージーブックス

行き遅れ令嬢の事件簿②
公爵さま、いい質問です

著者　リン・メッシーナ
訳者　箸本すみれ

2023年　7月20日　初版第1刷発行

発行人　成瀬雅人
発行所　株式会社　原書房
〒160-0022 東京都新宿区新宿1-25-13
電話・代表　03-3354-0685
振替・00150-6-151594
http://www.harashobo.co.jp
ブックデザイン　atmosphere ltd.
印刷所　中央精版印刷株式会社

落丁・乱丁本はお取り替えいたします。
定価は、カバーに表示してあります。
 ISBN978-4-562-06131-0 Printed in Japan